商禽詩全集

手套與繩子的對話
讚楚戈鄭善禧联展

席慕蓉

手套

沒有指節充實著的手套
斷了人的袖子般擺盪著
啊 如此空虛的存在
代表寂寞的空手套
著使曾恐未穿戴
是誰聚集了眾多的空虛
眾多的寂寞
使它們不好的感歎

繩子

都是遠古人的備忘錄

狩獵的歡呼與收穫
兩隻梅花鹿
一頭野豬 打了不同的結
曾經緊繫過渡河的舟解
也曾使人失去自由
本來是軟弱的代名詞
有人從它挺地站起來
開放出多采的鮮花

頃年楚戈与鄭善禧二藝術家
都是編女史詩者兩人合向
裝置藝術展于實驗館
以繩与手套之對話為内容
与軟弱化新鮮創意想感人
感佩之餘題詩爲贊

右頁：商禽手稿及畫作。
上：一九六九年應愛荷華大學國際創作計畫之邀赴美。
下：一九八三年遊台北故宮。

商禽畫作。

一九九八年攝於金門天空下。

詩人的手。（陳文發／攝）

用顫抖的手寫詩的商禽。（陳文發／攝）

（陳文發／攝）

文學叢書 219

商禽——詩全集

目次

輯三　事件

輯四　遙遠的催眠

輯三 彩色騷動

輯四 飛行眼淚

輯五 誠實之口

輯六　天葬台

附錄

編輯弁言

即使在今天看似什麼都可寫的百無禁忌年代，商禽，這名字宛如負傷低飛過魆黑海面、無情島嶼的悲音之鳥，變調之鳥，他數十年詩旅卻僅二百餘首的詩作竟蝕刻了一種近當代台灣創作者極難以復現的複雜地景。

詩人的詩中所展現，那些時間中被封印、囚錮的固定姿態，那些無法輕言改易且充滿自覺的身分、形象（儘管是頗生活化的趣諧小作〈夜歸三章〉都略可見：「進得門來咳聲嗽，省得老妻問是誰。」），總是透洩著想要逃離的念頭，總想探問長久以來失去的自由之邊界可能有多開闊寬廣（爲什麼人仍感到不自由？怎麼老撐著眼皮不甘願不休息地作著離開現實的夢？什麼樣的存在哪只能在夜晚歸返心靈的原鄉？）；然而越是抱存自由的意圖，卻也不免時時碰觸人生現實界裡，自己與他人種種的可見與不可見的限制。

現代詩的體裁，其實就是這種對極大自由之想望與極大形式限制的詭祕複合物，有其時空發展淵源；而商禽先生自身超過一甲子以上的生命經歷與他的詩作，恰正是具現、變繹這種雙重性的集合體——他寫得愼重，作品的風格與意象卻逸走八荒，丰姿懸宕；他設字構句都當得不拘一格，但多半又朝「限制」「逃亡」的意義收束；他筆下所寫的，都是難以言說轉述的巨大心象，但他卻能鍛鍊字句以詩作打造一如可目見可觸及的微型劇場（但人類又更渺小）；詩人自己更經常承受的，是「超現實主義的旗手」這頂大帽子的謬譽、衍釋與抗辯……

商禽先生和他那個年代的漂浪者們，從現實飄移到虛擬的字句意象之中，是爲了叩問更大更高的眞實；到了二十一世紀此時此刻，或因爲政治限制鬆緩，或因媒體眾聲喧譁，或因網路工具的發達，人人皆可隨時隨地暢所欲言，因此虛擬的漂浪者絡繹於途了，眞正具有現實感的「限制」與「禁忌」反而成爲他們嶄新且好奇的鄉愁。

但商禽先生詩裡的那些禁錮與限制，不以色厲、不以言疾，更不適合被那樣消費——不只是因爲那些臉貌一如被害者的森嚴枯槁、僞裝的扭曲的加害者，使人迷惑於其眞面目；更不只是當年他太清楚的徒勞且危險的控訴——而是若能眞正進入詩人作品中，當會感受到他那想要逃離到高空那裡冷冽全視之境的骨血底蘊，是那麼盼望深深地從容地體察世間奧祕與名字的溫暖，那麼執念著羅列同樣被拘執遭凍結的不同可能的內在宇宙景觀，那麼專注琢磨生活的難與遣辭用句的難。

而商禽先生之於他的時代、以及我們的重要價值究竟是什麼呢？或許還是他想要與自身命運藉由詩之形式對話、並使之形神合而爲一的那份眞摯情感，穿越了時代的迷霧，曲曲折折透射著靜謐的幽光。

有識者當知曉，商禽先生的作品那樣難得與寶貴，宛如石之魂晶佛之舍利，我們一方面極慶幸能爲詩人出版詩作全集，並傾全力多方探問蒐羅，務求完整；但容或有所遺漏，惟盼各方先進不吝指正，進而補充完成。我們更深望的是，全集出版後，詩人仍能繼續創作，未因「全」而自限，就像他過去在詩作中實踐的那樣，爲我們印刻下那些這時代僅能見與不能見的……

商禽詩觀

詩和志

詩大序上說：在心爲志，發言爲詩。我想，這該是在討論詩的本質和創作過程，而不是解釋詩的內容是什麼的問題。

照古人的解釋，志是志向，是懷抱。詩便成了「述懷」、「載道」的工具了。

不僅古人，今人也一直以爲詩，乃至所有的文學都是一種工具。

我不喜歡做工具的工具。

如果「在心爲志，發言爲詩」是在討論詩的本質問題，或許我們可以借用西方詩學上的兩個字來加以說明：

「志」就是法文的Poésie

英文的Poetry

詩就是法文的Poème

英文的Poem

（很高興林亨泰也有相同的看法。）

如果「在心爲志，發言爲詩」是講詩的創作過程，那麼「志」便是「意象」是「心象」了。

「詩」便是把「意象」繪出。

如果照古人的解釋，志是志向，是懷抱，寫出來的，雖有意義，恐怕就算不得是詩了。

可喜的是，自古以來的中國詩人所寫的詩，絕大多數都不是言志的。

詩與人

我總是堅決相信，由人所寫的詩，一定和人自己有最深的關係。當然，我也同時深信，由人所寫的詩，也必定和他所生存的世界有最密切的關係。

因此，我不但不了解莫札特中的「歡暢」，並且也卑視他。是不是我自己缺乏了對於「快樂」的想像力呢？即使一個人在他早年沒有「快樂」這種東西，但作爲一個「詩人」一個「藝術家」，他也該憑想像而獲取，我們不是常說：「沒有吃過豬肉，也看過豬走路」的話嗎？

我判定自己是一個「快樂想像缺乏症」的患者。

我或許應該對莫札特之類的藝術家肅然起敬才是。

我是否一定要對人世的苦痛無視於衷呢？也許別人沒有完全領會，生而爲人，即便是「性」，也包含著幾許的悲哀。

我想，我還是暫時放棄對於人們所稱道的「境界」之追求吧，我一定是無可救藥了。

唯一值得自己安慰的是，我不去恨。我的詩中沒有恨。

快樂貧乏症患者

——《商禽詩全集》序

陳芳明

商禽的詩降臨在封閉的海島，爲的是精確定義他的時代，他的家國，他的命運。如果語言緊鎖在唇腔，如果思想禁錮在頭腦，如果慾望壓抑在體内；靈魂找不到出口時，那種感覺是什麼？精神被綁架時，滋味又是什麼？商禽的詩行，顯然是要爲這些問題給出答案。他的語言委婉、含蓄、謙遜，竟能夠使虛僞的歷史無法隱藏，也使扭曲的記憶無法遮蔽。

他的文學生涯橫跨半世紀，卻僅完成不到兩百首的詩作。對照多產的台灣詩壇，商禽可能是屬於歉收。但是他在美學上創造出來的縱深，往往引起無盡止的思索與探索。他困難的詩行裡，確實延伸著歧義的迷路；不過來回逡巡之後，畢竟還是有跡可尋。在心靈不快樂的密林裡，絕對不可能存在著愉悅之旅的奢望。完成閱讀的跋涉之後，就不能不承認詩人擁有百分之百不快樂的權利。

商禽作品是屬於困難的詩，讀者不得其門而入時，遂訴諸種種方式來貼近。然而，各種理論、主義、口號、意識形態都難以抓住他的詩風，反而是他的詩藝回過頭來抓住所有的詮釋者。至少有兩種標籤習慣加在他作品之上：「散文詩」與「超現實主義」；前者是指形式，後者是指內容。許多讀者寧可傾向於相信標籤，卻懶於閱讀他的詩。由於散文詩一詞的濫用，使得他的詩人身分變得非常可疑。也由於超現實主義一詞的惡用，使他的詩藝與詩觀常常引來誤解。百口莫辯之餘，商禽只能選擇沉默以對。不過，他也有不得已而言的時候，必須為自己的詩表示態度。他認為自己的創作是以散文寫詩，而不是寫散文詩；重點在詩，與散文無關。同樣的，他也拒絕超現實主義的封號。對自己的詩觀他頗具信心，堅稱超現實的「超」，應該解讀爲「更」。與其說他的詩是超現實，倒不如說是更現實。以現在年輕世代的流行用語「超帥」、「超遜」來解讀的話，商禽詩的「超現實」，正是極其現實。英文的surrealism並不能確切界定商禽，也許以more realistic或者extremely realistic來定義他，庶幾近之。

在他的時代，商禽當然不是寫實主義者，但是他的詩是內在心靈的眞實寫照，寫出他在政治現實中的悲傷，孤獨，漂流。沒有那樣的客觀環境，就沒有那樣的情緒流動；正是有他這種沉重情緒在詩中渲染，才眞切對照出他的時代之幽暗與閉鎖。坊間論者酷嗜彰顯他詩中的突兀意象與險奇語言，遂率爾宣稱他是超現實主義者，卻未嘗注意他的詩與當時歷史情境、現實條件之間的密切牽扯。就像那個年代大多數現代主義運動中的創作者，都必須訴諸語言的變革，才能眞正到達被扭曲、被綁架的靈魂深處。詩人在緊鎖的空間裡釀造詩，是爲了尋求精神逃逸的途徑。他留下的詩，毋寧是奔逃的蹤跡，循著他迤邐的腳印，似乎可以溯回那久遠的、遺佚的歷史現場。

重新回到不快樂的年代，等於是回到身體與心靈同樣受到羈押的絕望時期。在絕望的深淵，詩人釋出他內心痛苦的願望：

在失血的天空中，一隻雀鳥也沒有。相互倚靠而顫抖著的，工作過仍要工作，殺戮過終於也要被殺戮的，無辜的手啊，現在，我將你們高舉，我是多麼想——如同放掉一對傷癒的雀鳥一樣——將你們從我雙臂釋放啊！

——〈鴿子〉

飛躍的想像在這首詩中非常鮮明，一雙手竟轉化爲一對鴿子。整首詩集中在鴿子意象的營造，畢竟這樣的禽鳥既接近人間，又富有自由翺翔的暗示。從鴿子跳接到雙手，又從雙手連繫到生活中的工作與殺戮，隱隱指向政治環境制約下人的宿命。詩中的天空與曠野，幾乎就是自由空間的隱喻。擊掌的雙手，帶有一種抗議，也有一種慾望，在於試探天空與曠野之遼敻。當天空失血，曠野寂寥，沒有任何禽鳥飛翔時，現實世界的鬱悶與仄狹便強烈反襯出來。

一九六〇年代前後完成的〈鴿子〉，是商禽心理狀態的最佳投射，也是現代詩運動中頗受矚目的經典作品。詩中雙手與鴿子反覆進行的辯證，無非是要反映身體牢籠與心靈解放之間交互糾葛的困境，頗具戲劇效果。舞台上肢體語言的演出特別緩慢，詩的節奏也隨著舒緩展開。在廣邈的天空下，渺小人物受困於工作與殺戮的命運。不能掙脫的雙手，被殘酷的現實綑綁，猶鴿子之無法飛出囚籠，全然陷於焦慮與絕望。歷史條件是如此嚴苛，更能彰顯詩中嚮往自由的慾望。這首詩以高舉雙臂時，舞台上簡直是矗立著一個抗議的姿態；天空有多大，抗議的身影就拉得有多長。

囚禁意象貫穿在商禽早期的詩行裡。加諸於肉體的囚禁，可能來自政治，來自道德，來自傳統，但他的詩從未有清楚交代。當開放的年代還未降臨，各種無形的權力干涉到處皆是。羈留異域而被鄉愁纏繞時，流亡的身軀與逃亡的慾望都凝結成詩行文字。嘗盡流刑滋味的凌遲，商禽寫下饒有反諷意味的〈長頸鹿〉。眺望著回不去的故鄉，以及忍受著挽不回的歲月，流亡者都無可避免淪爲時間的囚犯。這首詩的自我觀照，流露出無可言喻的淒涼與悲愴：

> 那個年輕的獄卒發覺囚犯們每次體格檢查時身長的逐月增加都是在脖子之後，他報告典獄長說：「長官，窗子太高了！」而他得到的回答卻是：「不，他們瞻望歲月！」
>
> ——〈長頸鹿〉

散文形式的書寫，竟然可以使每一個文字飽滿著詩的密度。複雜的情緒，潛在的不滿，都壓縮在篇幅有限的文字裡，彷彿只是冷漠描述著一群被時間遺棄的流亡生命。以伸長的頸子暗喻翹首眺望——如長頸鹿對外在世界的尋求。受到監禁的囚犯，豈止瞻望歲月而已，他們的鄉愁，以及對自由、對解放的渴望，相當傳神地反映詩人在錯誤時間、錯誤空間的處境。商禽從未訴諸憤怒的、煽情的文字，他寧可使用疏離的、近乎絕情的方式看待自己的生命。

即使觸及憤怒的情感，他的詩也還是持續釀造悲涼的心境：

> 憤怒昇起來的日午，我凝視著牆上的滅火機。一個小孩走來對我說：「看哪！你的眼睛裡有兩個滅火機。」為了這無邪告白；捧著他的雙頰，我不禁哭了。
>
> ——〈滅火機〉

這種高度象徵的手法，足供窺探那個年代的自我壓抑有多強烈。內心情緒的憤怒與外在的滅火機相互銜接，使抽象感覺與具象物體彼此對應，造成一種自我消解的效果。體內燒起的憤怒烈焰，全然得不到紓解的出口。無法釋放之餘，只能祕密地暗自消化。詩人的消化方式，便是依賴壓抑與再壓抑。詩中的滅火機絕不可能達到撲滅的作用。然則，詩人的眼中浮映出滅火機時，他的內心正處在不斷克制的過程。透過小孩誠實的告白，更加凸顯出詩人內心自我壓抑的考驗。小孩在詩中的出現，是爲了說出詩人眞實的感覺。在一個甚至是憤怒都無法稀釋的年代，生命的悲哀是多麼深沉。

很少有詩人像商禽那樣，不斷回到監禁與釋放的主題反覆經營。這樣的主題往往在不同的詩作獲得印證，例如〈夢或者黎明〉與〈門或者天空〉。夢是自由，黎明是干涉；門是監禁，天空是釋放。商禽傾向於鍛造特殊的意象，以最簡潔的文字繁殖出豐饒的意義。

〈夢或者黎明〉呈現各種不同形式的航行與飛行，無論夢境有多荒謬，凡屬自由的旅行都可得到容許，直到黎明的來臨。只有在現實世界裡，凡與自由相關的行爲都遭到禁止。整首詩的發展過程中，詩人總是刻意插入一句內心的語言：

（請勿將頭手伸出窗外）

這是當時小市民乘坐公共汽車時耳熟能詳的車內標語，詩人拿來挪用在詩行之間，造成某種警告的效果。爲了防止事故或意外的一則標語，在詩裡竟產生禁止的意味：頭是思考，手是行動，任何踰越的思考與行動都要受到監視。這首詩頗具歧義的暗示，在現實中的行動都會引來干涉；唯一能夠享有自由的地方，便是停留在夢中。從黎明到夢之間的距離究竟有多寬？似乎只能依賴自由的尺度來測量。

〈門或者天空〉也是以兩種悖反的意象來對比，門是狹窄的出口，天空則是無限空間的象徵。這首詩也同樣是以劇場演出的方式，暗示生命的有限與無限。人酷嗜創造各種門的意象，包括城堡、圍牆、護城河、鐵絲網、屋頂，使生命壓縮在最小的空間。越沒有安全感的人，越需要城牆來保護。由於創造了窄門，人從此便失去了天空。商禽在詩中如此描繪人的本色：

這個無監守的被囚禁者推開一扇由他手造的祇有門框的僅僅是的門

——〈門或者天空〉

即使沒有受到監守，人也本能地創造門框自我囚禁。門的概念，似乎是人與生俱來的原罪，終身被罰在門框內外走進走出。直到看見天空之前，進進出出的卑微生命注定要承受門的懲罰。這場戲劇的演出，近乎詩意，更近乎哲學。詩人刻意把確切的時間、地點、人物從敘事中抽離出來，是爲了使詩的意義能夠全面照顧到他親身經驗的生命困境。凡是與他同時走過那樣歷史的朋輩，當可理解門與天空的象徵意義。

商禽體會得比任何人還來得深刻，是因爲他在軍伍生涯中嘗盡過多、過剩的痛苦滋味。生活的不堪，使他不能不去追尋人格尊嚴的意義。他寫下的每首詩，不僅爲自己受辱的肉體釋出無比的抗議，也是對他的時代表達強悍的批判。其中最值得注意的一首詩是〈醒〉，毫無遮攔地說出他千瘡百孔的遭遇，留下一幅令人觸目驚心的畫面：

他們把齒輪塞入我的口中

他們用集光燈照射著我

他們躲在暗處
他們用老鼠眼睛監視著我
他們記錄我輾轉的身軀

——〈醒〉

他們是誰？詩中並沒有明白交代。然而，穿越過戒嚴時期的流亡者，都能夠感知他們的存在。他們是一種體制，是一種權力，是一種壓迫，相當公平地降臨在無助的身軀。這首詩的結構，前段是以分行的形式表現，後段則是回到散文的形式寫詩。前者是傲慢權力的氾濫，後者是脆弱身體的抵禦。面對著看不見的暴力，詩人選擇以魂魄出竅的策略來護衛自己的肉體。他的魂魄看到自己被折磨得不成人形的身軀時，確實感到錯愕，但並沒有被嚇阻。這首散文詩以相當冗長、曲折的句法來形容自己臭皮囊的肉體，並且以花香般的魂魄給予擁抱。這是商禽寫出最傷心也最勇敢的一首詩。詩中受盡屈辱的肉體，竟是如此難以想像：

……自己的魂魄，飄過去，打窗外沁入的花香那樣，飄過去把這……廝守了將近四十年的，童工的，流浪漢的，逃學時一同把快樂掛在樹梢上「風來吧，風來吧！」的；開小差時同把驚恐提在勒破了腳跟的新草鞋，同滑倒，同起來，忍住淚，不呼痛的！也戀愛過的；恨的時候，沉默，用拳頭擊風，打自己手掌的；這差一點便兵此一生的；這正散發著多麼熟習的夢魘之汗的，臭皮囊，深深地擁抱。

——〈醒〉

看似非常複雜難懂的散文，其實是一個簡單的句型：「自己的魂魄飄過去，把這……臭皮囊深深地擁抱。」在臭皮囊之前加掛了許多形容詞，正是爲了襯托自己的頭腦有多清醒。縱然受盡了無窮的暴力，縱然軀體已不成人形，他仍然維持著潔淨的靈魂。清醒的魂魄擁抱受辱的肉體，是一種自我救贖的姿態。他的記憶鮮明保留著生命中各種試煉的經驗，從童工到流浪漢，從逃學到「兵此一生」的生命階段，無非都在造就他孤傲的人格。

完成這首詩的商禽，等於是正式宣告他絕非是超現實主義者。粗礪的、殘忍的現實，並不可能溫情地容許他享有超現實的空間。他訴諸繁瑣的、迂迴的句式，絕對沒有任何餘裕要建構超現實的美學。恰恰相反，他爲的是要更精確把醜陋的、不堪入目的現實揭露出來，也要把受到折磨的、無法負荷痛苦的人生具體呈露出來。

然而，商禽也並不如此耽溺於複雜的句法。在抒情時刻，他也有溫婉的詩句，令人心痛：

昨晚簷角風鈴的鳴響
分明是你叮噹的環珮
別以為我不知道有人夜訪
院落裡的殘雪仍留有餘香

——〈近鄉〉

飄泊到台灣的詩人，負載著不爲人知的濃郁鄉愁。當他旅行到韓國遇見雪景時，情不自禁勾起他的懷鄉之情。商禽從來不會直接以濫情的手法尋找感覺，而是以逃避個人情緒的策略予以過濾，終於到達昇華。雪落下時其實是毫無聲息，如果發出任何音響，那一定是屬於鄉愁。記憶中故鄉的雪，與異鄉的雪，蒙太奇那般重疊在一起，自然而然牽動他脆弱的情感。近鄉情怯的雪，是女性化的雪。他的詩彷彿若無其事，但實際上已刺痛他記憶的傷口。叮噹的環珮，殘雪的餘香，召喚他生命中早已沉埋的情愛。

鄉愁是另一種變相的囚禁，故鄉的親情、友情、愛情都完全被切斷成隔絕狀態。咀嚼自己的鄉愁時，商禽又再次使用逃避情緒的方式，使沉重的悲哀沉澱下來。在〈五官素描〉的組詩中，他分別描寫了嘴巴，眉毛，鼻子，眼睛，耳朵。淡淡的素筆，精練地點出五官在生命中的意涵。〈眼〉這首詩正是指向無以排遣的鄉愁：

尾巴要在四十歲以後才出現
中間隔著一道鼻梁
（有如我和我的家人
中間隔著一條海峽）
這一輩子是無法相見的了
偶爾
也會混在一起
祇是在夢中他們的淚

——〈眼〉

兩隻眼睛，轉喻爲一對相戀的魚，再轉喻爲無法相見的家人。環環相扣的想像，看似突兀，卻有內在的邏輯彼此貫穿。三個意象的共同思維，都是圍繞在相戀而無法相見的主題，從而以夢中之淚予以串起。整首詩的結構與推理，都臻於無懈可擊。商禽的巧思，於此得到印證。他的詩並沒有那麼難懂，他的鄉愁則令人無法承受。

商禽對語言文字的掌控，近乎苛求。幾乎每一詩行，都具體反映現實中的困境，〈用腳思想〉便是其中極致的一首：

找不到腳　在地上
在天上　找不到頭
我們用頭行走　我們用腳思想
虹　垃圾
是虛無的橋　是紛亂的命題
雲　陷阱
是飄緲的路　是預設的結論
在天上　找不到頭
找不到腳　在地上
我們用頭行走　我們用腳思想。

——〈用腳思想〉

這首詩是由兩首合成，但是上下各自發展的詩，也可以貫穿成爲一首。分別閱讀時，兩組不同的意象存在著，亦即頭與腳，天上與地上。如果頭是隱喻思考，腳是代表實踐，則思考應該可以天馬行空，而實踐則必須腳踏實地。商禽見證的社會現實，卻是天地顚倒。實踐者不用思考，而思考者無需實踐。在必須實踐的地上，竟然找不到頭；而在需要思想的天上，竟然找不到腳。頭腦所面對的，是虹那樣虛無的橋，以及雲那樣飄緲的路。雙腳所踐踏的土地，則是紛亂命題般的垃圾，以及預設結論般的陷阱。這首詩可以視爲知行合一哲學的歧義演出，顯然是在諷刺他這輩子在台灣所目睹的怪現狀。在價值混亂的歷史，在怯於實踐的時代，他看到的是用頭行走、用腳思想的荒謬人物。如果說，這首詩在於總結他一生的眞實體驗，則長年來他忍受的殘酷體制與屈辱人生，無疑是最大的悲劇。

在現代詩運動中，商禽可能是受到最多誤解的詩人。當他被押著去接受無情現實所製造的暴力之際，他只能選擇使用迂迴的文字攜著自己的靈魂逃亡。逃亡的天空常常在詩中出現，並不意味他脫離現實，更不意味他屬於超現實。他的生命已經無路可退，僅有詩提供了他逃亡的途徑。他的詩是探照燈，一如他注視現實的眼睛，往往揭露黑暗的世界。他的文字極其誠實，使人生中的醜陋與卑賤完全無法遁逃。他的散文詩，根本不存在散文的成分。任何閃神或輕忽的閱讀，常常會錯失他詩中關鍵的風景。要貼近商禽的世界，絕對不能依賴理論。時髦的理論，總是毫不爽約地把讀者帶離商禽的時代，當然也就不可能進入他的詩。

商禽是二十世紀悲傷至極的詩人，在詩行中他想像了無數的逃亡，卻未嘗須臾逃離凌遲他肉體的土地。當他這樣自問：「是不是我自己缺乏了對於『快樂』的想像力呢？」這個時代，這個家國，已徹底剝奪他享有一絲快樂的權利了。《商禽詩全集》以較爲完整的形式問世時，一塊莊嚴的歷史碑石已巍然豎立，將陰影投射在絕情、無情、寡情的牢獄。

二〇〇九年三月三日加州旅途中

卷一

夢或者黎明

輯一

行徑

籍貫

火紅的太陽沉沒了，鎳白的月亮還沒有上昇，雲在遊離，霧在氾濫。於異地的黃昏，於夜合歡的葉隙擠落的風聲裡，我聽見一個聲音，隱約地，在向我詢問：「你是哪裡人？」我常怕說出自己生長的小地名令人困惑，所以我答說：「四川。」哪曉得我如此精心的答案對他似乎成爲一種負擔。我隨即附加了一個響亮的說明：「就是那叫做天府之國的地方。」「天府之國？哈哈，難道你也相信天國麼？」這就太令人困惱了，連四川都不知道！那麼，我說：「中國。」這總不至於不知道了吧？「中國？」似乎連這都足引起他的驚愕。我已經有些不耐煩了。我說：「外國人叫她做CHINA，面積一千一百餘萬平方公里，人口四萬萬五千萬，有五千年歷史文化，是世界五大文明古國之一……」「世界？請你不要用那樣狹義的字眼好嗎？」「地球，」我說。「地球，這倒勉強像一個地方，你能再具體點嗎？」「太陽系！」我簡直生氣了。我大聲地反問道：「那麼，你的籍貫呢？」

輕輕地，像虹的弓擦過陽光的大提琴的E弦一樣輕輕地，他說：「宇——宙。」

行徑

夜鶯初唱的三月，一個巡更人告訴我那宇宙論者的行徑，想起他日間折籬笆的艱辛，我不禁哭了：「因爲你是一個夢遊病患者，你在晚上起來砌牆，卻奇怪爲何看不見你自己的世界……。」

不被編結時的髮辮

被捲起的塵埃有被製造時的帆纜之痙攣緊綑的繩索有被編結時的髮辮之張惶。

（那是假的。）

不被編結時的髮辮　早春之黃昏　在早上十點猶賴床的人　陽台上一隻斷了絆的木履　不被編結時的髮辮　髮辮下細長的白頸　一個在下水道出口處乘涼的乞丐　下班了的夜巡警　溫泉浴室裡搖響的

耳環廢彈及棄船以及棄船上的纜索；以及不被編結時的髮辮；以及賴床的人，呵欠；以及右眼的淚流到左眼中：「我還以為你們這裡的湖水是甜的哩。」以及左眼的淚已流經耳門——告訴她晚風在市郊時那股子懶勁——之後流到不被編結時的髮叢中去了。

塑

於福壽酒色的黃昏。於自己不被腐蝕的額際，在我自己的眼中，耳裡，將我的身影投在她的面前，將她整個的掩蓋。

她是一個雕刻家。她創造聲音在她自己的聽道裡；而我起始便說過：「我來，並非投入於你；乃是要自你的手中出去的。」但是，她把我的胸像倒置著塑，唉，被倒置著的我遂在黎明中醒來，並且勝過黎明。

記憶裡，她玫瑰色的纖手已是淡紫的了。

前夜

因爲那永恆的海曾經是最初的；唉，你不能謀殺一個海浪，因爲你不能謀殺一輪月亮，是因爲你謀殺不了太陽，是因爲你謀殺不了你自己的影子是因爲……

那時，我正越夜潛行。聽了自己的話，乃從黜黑的星空急急折返。歸來看見：在淚濕了的枕旁熟睡的我的，啊啊，那笑容猶是去年三月的。

溫暖的黑暗

所有的男人走過——由發炎的雲與浮腫以及膩滑之極致所組成——一道艱澀的門，而終於顯得萎頓。把兩隻誰也不能幫助誰的腳，自，實則他們曾以自身的陷落來遂行的，此一幫助他人的徒然之願望，而於對方的酬答中加深了的，陷落裡頭，拔了出來；以他們唯一可能的辦法——躺身下去。就這樣，一朵從未有過的，淒然的花，向日葵似地開了。

就這樣，我們仰望著一個女人，從花蕊中，以雙手握住自己的頭髮，將她自己提起來，上昇，好似正在燃燒。就這樣，我們便聽見，可是並不知道自己在唱，一組烈燄似的歌聲。

就這樣，在感覺中緩慢而實際超光的速度中上昇。就這樣一個人看見他消逝了的年華，三十歲、二十歲、十八歲、十七歲……淺海中的藻草似的，顏彩繽紛，忽明忽暗的，一一再現，直至僅屬於我們一己的最初——那極其溫暖的黑暗。

蒲公英

對著一顆垂滅的星
我忘記了爬在臉上的淚
——楊喚

在福壽酒色的黃昏中。也許那是一方太空曠的廣場；一個人在那裡作他自己的遊戲；當用手指拭而匯集的淚水自他枯萎的指端滴落——羽羽的蒲公英遂隨風旋舞直到化爲閃閃螢火復又綴入深碧的夜空……

火雞

一個小孩告訴我：那火雞要在吃東西時才把鼻上的肉綬收縮起來；挺挺地，像一個角。我就想：火雞也不是喜歡說閒話的家禽；而它所啼出來的僅僅是些抗議，而已。

蓬著翅羽的火雞很像孔雀；（連它的鳴聲也像，爲此，我曾經傷心過。）但孔雀乃炫耀它的美——由於寂寞；而火雞則往往是在示威——向著虛無。

向虛無示威的火雞，並不懂形而上學。
喜歡吃富有葉綠素的葱尾。
談戀愛，而很少同戀人散步。
也思想，常常，但都不是我們所能懂的。

輯二

長頸鹿

螞蟻巢

我走在別人的後面，把男人們畢挺的褲管所劈破的空氣的碎片以及女人的嘴唇所刨下來的空氣的片屑予以縫合；但是，我無能將他們的頭髮所染污的風澄清。

於是，我的嘆息被我後面的狗撿去當口香糖嚼，而狗的憂鬱乃被牆腳的螞蟻啣去築巢。

天使們的惡作劇

當人們看見了那祇是一窩赤裸裸的連眼也不曾睜開的鼠嬰之後，我被他們所投擲的酒瓶埋葬之時，我知道這是無可解釋的了；只好把我的信念噓進每一個瓶口：我確曾見得那是一堆各種族類的張著翅膀的但是閉著眼的美麗的鳥屍；至於一窩鼠嬰，我想，這一定是天使們的惡作劇。知道嗎？天使們的惡作劇。

流質

逃避了秋的初次搜索的一條夏天的尾巴躲在候車室內，把一個女子催眠為流質了。所有的男人都很惋惜；他們的眼睛都說：「完了！這可憐的，可愛的女子。她再也不能把自己和她的夢撿起來了，甚至用湯匙也不能……」

而我卻暗自歡喜。我想：「如果我能在這些液體還沒有被蒸發之前得到一張上等的棉紙就好了。我可以把那浮在面表的鉛粉以及口紅拓印下來，這樣，我在死後就有遺產了……」若非突來一股冷風將我冷卻，我也已經融爲液體了。

水葫蘆

月黑夜。疾馳在鄉村公路上的一輛客運汽車中的燈光被乘客們發熱的話語擠迫得顫顫畏縮：那是關於一齣平劇裡旦角喉中如何拉出一條綱絲帶銹以及某歌場中低音歌男難產了一頭小牛，還有，怎麼兩條腿看起來是三條，怎麼一襲乳罩被剪去一個；又有人講起紙做的花環並講起死人的微笑「……於是，一個月的汗就乾了。」一個人這樣結束了他的話，但是另一個人說他看見過七個太陽……

突然，汽車在過平交道時驚滅了車內的燈，黑暗就將人們的聲音壓成一塊薑糖——甜蜜和辛辣在裡面擁擠。但是，一個乘客大聲告訴他的鄰座：「那是假的！那是假的！……」無人知道他們在討論什麼，我卻懂得他所以嘶喊的用意：因爲我已經看見了他發光的聲音；並因之而看見人們僵直的面孔，被點燃了的眼睛；且穿透車窗照亮空寂的夜野，恰似目眩於一塘盛開的淡紫色水葫蘆花。

躍場

滿鋪靜謐的山路的轉彎處，一輛放空的出租轎車，緩緩地，不自覺地停了下來。那個年輕的司機忽然想起這空曠的一角叫「躍場。」『是啊，躍場。』於是他又想及怎麼是上和怎麼是下的問題——他有點模糊了；以及租賃的問題『是否靈魂也可以出租……？』

而當他載著乘客複次經過那裡時，突然他將車猛地剎停而俯首在方向盤上哭了；他以爲他已經撞燬了剛才停在那裡的那輛他現在所駕駛的車，以及車中的他自己。

註：躍場爲工兵用語，指陡坡道路轉彎處之空間。

一九五七年

長頸鹿

那個年輕的獄卒發覺囚犯們每次體格檢查時身長的逐月增加都是在脖子之後，他報告典獄長說：「長官，窗子太高了！」而他得到的回答卻是：「不，他們瞻望歲月！」

仁慈的青年獄卒，不識歲月的容顏，不知歲月的籍貫，不明歲月的行蹤；乃夜夜往動物園中，到長頸鹿欄下，去逡巡，去守候。

一九五九年

滅火機

憤怒昇起來的日午，我凝視著牆上的滅火機。一個小孩走來對我說：「看哪！你的眼睛裡有兩個滅火機。」爲了這無邪告白；捧著他的雙頰，我不禁哭了。

我看見有兩個我分別在他眼中流淚；他沒有再告訴我，在我那些淚珠的鑑照中，有多少個他自己。

海拔以上的情感

雨季開始以後，兀鷹們不再在谷空吹他們令人心悸的口哨了。

怎麼你想起一隻退休的船；海蠔浮雕著舵，肆無忌憚地豪笑的魚群空手歸去；而一隻粗心的老鼠在兩年後醒來躺在甲板上哭了。其實你是一隻現役的狗。雨天不一定是聖餐日。慈悲的印度王子不會給你一隻他的香港腳。而獵風的人回來，得到的僅僅是一個紅色的乳鐘形的鼻子……

等晚上吧，我將逃亡，沿拾薪者的小徑，上到山頂；這裡的夜好自私，連半片西瓜皮都沒有；卻用我不曾流出的淚，將香檳酒色的星子們擊得粉碎。

界

據說有戰爭在遠方。……

於此，微明時的大街，有巡警被阻於一毫無障礙之某處。無何，乃負手，垂頭，踱著方步；想解釋，想尋出：「界」在哪裡；因而爲此一意圖所雕塑。

而為一隻野狗所目睹的，一條界，乃由晨起的漱洗者凝視的目光，所射出昨夜夢境趨勢之覺與折自一帶水泥磚牆頂的玻璃頭髮的回聲所織成。

透支的足印

——紀念和瘂弦在左營的那些時光

這正好。若是連生前的每一個手勢都必須收回，在如此冷冷的重量下；若是必須重覆我曾說過的一切話語，每一聲笑，在這沒有時間的空間裡；就如我現在所踐履的——我收回我生前的步步的足印——

然而我不必。這正好。

這眞好。不再有「時間」。

沒有話語。

陰影是可觸的藻草。
這路已不復是路。
野蓉蒿苣與牛蒡花。
這已經是屋脊。
在「蛇莓子與虎耳草之間。」
太好了。
除開月光的重與令。我收回我的足印。
我的足印回到它們自己……。

今夜我在沒有「時間」和語言的存在之中來到這昔日我們曾反覆送別的林蔭小徑。（「今夜故人來不來。」）今夜故人來不來？我行行復行行。當天河東斜之際，隱隱地覺出時間在我無質的軀體中展佈；一個初生的嬰兒以他哀哀的啼聲宣告——雞已鳴過。而我自己亦清楚地知道——關於那些足印，我已經透支了。

一九六三年

鴿子

忽然，我捏緊右拳，狠狠的擊在左掌中，「拍！」的一聲，好空寂的曠野啊！然而，在病了一樣的天空中飛著一群鴿子：是成單的或是成雙的呢？

我用左手重重的握著逐漸鬆散開來的右拳，手指緩緩的在掌中舒展而又不能十分的伸直，祇頻頻的轉側；啊，你這工作過而仍要工作的，殺戮過終也要被殺戮的，無辜的手，現在，你是多麼像一隻受傷了的雀鳥。而在暈眩的天空中，有一群鴿子飛過：是成單的或是成雙的呢？

現在我用左手輕輕的愛撫著在抖顫的右手：而左手亦自抖顫著，就更其像在悲憫著她受了傷的伴侶的，啊，一隻傷心的鳥。於是，我復用右手輕輕地愛撫著左手……在天空中翱翔的說不定是鷹鷲。

在失血的天空中，一隻雀鳥也沒有。相互倚靠而抖顫著的，工作過仍要工作，殺戮過終也要被殺戮的，無辜的手啊，現在，我將你們高舉，我是多麼想——如同放掉一對傷癒的雀鳥一樣——將你們從我雙臂釋放啊！

一九六六年四月六日

傷

一

告別了通鋪，住在一張雙層床的下層，私心裡有一種被配到一間單房能享有孤獨那般的喜悅。躺身下來，然而，我被貼在上鋪——即是我的床頂的——一幀裸體照擾亂了。

模特兒裸露的程度並不太大，衹是她的眼睛，就是那雙眼睛，僅一瞥，我便受傷了。

急急地，我出去買了一貼橡皮膏；急急地，我把它貼在——啊，因發現我的虛僞而不斷擴大的，我的內裡的傷太深了——急急地，我把橡皮膏貼在那雙肆無忌憚的眼睛上。

二

在窮僻的山地的教堂裡，在教堂附設的職業訓練班的結業典禮上，在餘興節目中；一個矮小的，想來是因爲近親婚生的畸形兒，她的前胸凹陷，短痂的腿，瘦長的雙臂，使她像被這群外國慈善家的肥美的掌聲抬上去的一張矮竹凳。

她唱，聲音自她屈曲的身軀中蹣跚地出來，踣躓著，祇短短的幾步，踉踉蹌蹌，便倚住什麼似地停息了。若非她補足一個被蜂螫過的青梨一般的苦笑，人們一下子還悟不出她的表演已然完備，而正當我也想以一個苦笑來告別這晚會時，轉身間，突然被那些宗教家由零落而趨熱烈的掌聲所擊傷。

摀住雙耳，我逃到寒風中去，但那些過分明顯的憐憫底掌聲，仍然不斷向我襲來，正如經書上記載的人們用以擲擊娼妓和耶穌的那些石塊一樣。

輯三

事件

事件

……於是我交叉兩臂，偵伺著
——A · 泊黑東

一

一整天我在我的小屋中流浪，用髮行走。長腳蜈蚣。我用眼行走；有幾公克的燐爲此付出代價。我用腦行走。閉眼，一塊磚在腦中運行，被阻於一扇竹門：然後運轉於四壁；在玻璃瓦下面因發現這個問題而停住了：檢束室是沒有頭骨蓋的思想；陽光——整個太陽的行爲都是對蜘蛛的模仿。

二

月是自動洗碟器。

一片瓦自我的腦中逸去。再張眼，欺人的相思樹啊，贗品的八月在四月。第一片蝙蝠猶未自屋簷落下。哀傷的星子們飄入窗口，墜落：這才是純粹的文字啦！純粹的哀傷，小小的黃花，無邪的哀傷。走出去，天的下頷那麼低。

三

老天的前額突出，似欲前奔；而眼瞼欲垂。心中長出綠色地毯。我毋需偃臥。我來到一種，呀，這是何等令人驕傲的顏色！天不張眼我自己張；黃。我走過，驕傲首先來到我的腳上，又去束我的腰，然後，我不再是個斜肩膀；而我的嘴更歪；在一段兩公尺高的空間我檢閱，這的確是那顏色；黃。琴鍵；黃色。手指，黃色。而不須借助辮子；驕傲有時竟是一種下沉的茶葉般的冥想；而在胸中尋找他水星的軌道；發現你不應遺忘的羞愧。你的歉疚還不如一片患癌症的相思樹葉；我把它摘下，拋棄，攤開雙手，奔跑，逃出欺人的驕傲。

四

你爲何逃跑；爲何去踏馬達？爲你的羞愧去裝一扇門是値得的麼？人家爲這在窗前種尤加利；而我除非它自己來到；它也許是一株狗尾草。我漫步。蜘蛛已在設計它的騙局。沒有風。我把食指放入口中浸濕，再向空中高舉……

「大漠孤煙直。」

五

這些沒有煙囪的金屬的屋宇；雄性獸欄。號碼在任性的灰色中逐漸模糊；屋頂在昇高。回憶：小島；瓦和鴿子，和它的瑪瑙色的小爪，而就爲了這我羞紅了臉，我是多麼地害臊。金屬傳熱復傳冷。漆是絕緣體之一種。屋宇在人的疲憊中愈昇愈高。

六

太陽去洗它的碟子。
月亮在洗它的碟子。
我回歸我的流浪；
疲憊是令人興奮的事件；
睡眠預支了死亡。

七

現在無人能復憶述蝙蝠自屋簷滴下溶入溫柔的夜色；落下的天再昇高；海，很遙遠，在搖籃裡；山，愈來愈低；而檸檬水色的星群正露出它們久久即已存在著的怔忡。

台北・一九六〇

一

在脫力的白晝之旁，以木炭的心情偵伺著伊的斷氣，用玫瑰色的皺紋紙點燃那些雲，讓一扇半掩的窗有一個美好的裝幀；在市郊的更遠的瓦窰後面，彷彿一個寂寞的眼神把看不見的山之背面給燒焦了。

二

在衡陽路，白晝把心甩出胸膛，沿漠然的建築物，緩緩垂下欲對我們日間的短暫之仰視有所安撫而取下我們的水銀眼鏡；心臟的血色晦黯又溫和，那巨大，使他重新成爲鼹鼠；我們都是沒經過窰燒由自己燃就的木炭。如果有人向西行去，祇因爲銀幕上的風吹起來也冷；並藉此以釀出些抽菸和喝酒的欲望。

三

沒有噴泉的城市；可憐的落日呀，我用淋浴來讚美你。我不用眼淚唾人已經很久了。至於那四隻頑強的鐵獸，它口中的唾涎爲我們描繪出一隻永遠收不回去的手。

四

……

在新公園的十字旋門上正踞坐著一個頑童以趕螞蟻的心情指揮夜從這面進來，白晝打那邊出去……

一九六〇年七月初稿
十一月訂正

路標

直到曉得以前，魚正要死去。停在一塊距我二十公尺的公路標誌牌前，一個人無可奈何地學著它交叉的手臂；那看不清的面孔，我想：這種無目的底凝視會是哪一種語言？若是在家裡，後院的梨樹上怕已經結滿通紅的鼻子了，通紅的小手，而且發亮，若是那種語言，風會說，樹會說，即連爐火的聲音發藍我也會聽；沒有人會懷疑；會像我和這路標彼此猜忌，且停在偌大的一隻垂死的魚腹下用眼睛互問著：你是冬天嗎？

玩具旅行車

——給夭亡在皺皺的粉紅色的天空中的諸子侄

孩子們玩具旅行車在剛剛揚花的高粱林中碰笑發光的葉片。一大群沒有主人的夢在冒黑泡的水溝中飄流；有的甚至將它們歪扭的輪子露在外面。手刹車露出在頸項外面。而在軌跡的那頭；彷彿是路的盡頭，就是垃圾坑。明日已爲昨日所覆蓋。

孩子們的玩具旅行車停在軟軟的水溪旁。

一個被棄置的夢在鼻梁上斷了拉鏈。
棒棒糖在逐漸融化的加濃炮管上閃閃發光。

在風掃過院子的庭院中，在僅僅有羽毛和糞便的空空的雞蒔旁，用
雙手支頤，蹲在翻倒了的玩具旅行車上的那個唯一的小孩，從地上
自己剛剛撒的一泡尿中，把藍得令人暈眩的天空看透了。

木星

窗子那面的爐灶旁，在滾動著的地球的後面，天空是落寞的媽媽的眼睛。雲在發炎。菜鏟子舞動著，聲響是受驚的鳥從熱鍋中飛起。而且一個小孩在一瞬間長高；一隻剛剛從午夢中醒來，因爲咬不著自己的尾巴而不斷旋轉的是黃狗亦是木星。

輯四

遙遠的催眠

阿蓮

如果是夜，阿蓮
在你子宮般溫暖黑暗裡
我可點燃一絲意念
照亮那唯一的小溪
漂流在你柔細的髮中
遊魚，以你赭色的尾
拍擊我的左心房

使嘔出了幾乎半個春天
（那時是十一月）
是去年

十一月的冒牌春天
到處潛行
我不知爲何要笑
若是人家把你的街角
切了，就會有兩個
而春天是橢圓形的
冬天是被切了又切

若是你用赭色的胸鰭打我
你會遭到擁抱，阿蓮
你的耳朵要被囓咬

（轉動那紅色的把手）

如果沒有夜，阿蓮
白晝不來，黃昏永逝
如果在無盡的黎明裡
淡紫的雙乳飾著垂死的魚
有人的臂會石化在枕上
有人的頸將浮雕在那裡
結晶的鹽，且被流星擊碎

如果是夜，阿蓮
村人豎起赤裸的竹桿又掛上
無數的祈安燈帶上蔗葉帽子
看見黑暗在寂靜的庭院中

如何被那些燈光
琢成一粒無光的黑寶石
我綠色的手臂交叉在上面
並死在那裡。但是
阿蓮，你不知有人正偵視你
有人在你的腹中
用風塑了些新的名字
在你子宮般溫暖黑暗裡

阿蓮，轉動那紅色的把手
要不我會在別處聽見你
那裡人家把淚珠染成好看的顏色
成串的掛在門口把冷暖分隔
在運油卡車的鐵尾上

聽見你被驚駭
被安全島上行道樹投下的影子
斬段，且被傷心的字眼踐踏
不再被擁抱，不再被囓咬……

一九五八年　左營

註：阿蓮為高雄縣境的一個小鎮。

岡山頭

想想您在樹中的容顏，你的樹
我記不得汽車如何爲你施粉
仰視你灰色的前額
突出在所有的田野上
你露出了猶疑
一輛牛車行過
載了一些不明的季節

想想你在園中的早晨，你的花
想想那些快要成熟的果子
都不似自發的，我在懷疑
是否它們患了顏色的傳染病

想想，岡山頭，只一夜
我就難耐了，難耐
你的溫泉奇冷
你的呼吸奇熱
令夜的臉頰變紫
發光的汗珠凍結

難耐你的春天不來
夏永留不去？

曉

突起的乳房恰似老天前傾之額
曉行的女子用輕咳試探你，老天
前傾之額掩住欲張的眼
欲張之眼被阻於突起的乳房

坐姿的鐵床

——悼詩人覃子豪

我和我的「沒有」
在空空的坐姿的鐵床旁
而白白的護士在遠遠的長廊的那面
用酒精培育止血鉗和注射器的盆栽

面東整四月的人啊

當日影南移，而窗子在你的右面
我就將床昇起，而海在遠方
將無數個浪舉起
你的臉就重疊於風後的沙灘上
這便是所謂笑容　就是
載著整個人類的痛苦底
地球的封面

人們用話語來防禦死
人們用沉默來防禦死
人們用一小盆水芋
用一支玫瑰
整個夏日啊　於你
祇是一株文竹

一種瘦瘦的慘綠的姿勢
而夜晚由香薑花所組成
你用金屬般的笑容來防禦死

而白白的醫師在遠遠的長廊的那面
以深度的近視眼和聽診器去搜索生命
你用礦物般的笑容爲她展開
爲她的哭聲
你在癟癟的胸膛
爲他們建造陽台
爲淡綠色的淚爲發抖的目光
而白白的護士與醫師都在長廊的那面
我和我的「沒有」
在空空的坐姿的鐵床旁

逃亡的天空

死者的臉是無人一見的沼澤
荒原中的沼澤是部分天空的逃亡
遁走的天空是滿溢的玫瑰
溢出的玫瑰是不曾降落的雪
未降的雪是脈管中的眼淚
升起來的淚是被撥弄的琴弦
撥弄中的琴弦是燃燒著的心
焚化了的心是沼澤的荒原

遙遠的催眠

懨懨的
島上許正下著雨
你的枕上晒著鹽
鹽的窗外立著夜
夜　夜會守著你

守著泥土守著鹽

守著你　守著樹
因爲泥土守著樹
因爲樹會守著你

因爲樹會守著夜
鳥在林中守著樹
鳥在樹上守著星
星在夜中守著你

因爲星會守著夜
雲在天上守著星
雲在星間守著風
風在夜中守著你

因爲風會守著夜
草在地上守著風
草在風中守著露
露在夜中守著你

因爲露會守著你
守著泥土守著樹
守著山巒守著霧
霧在夜中守著你

霧在夜中守著河
水在河中守著魚
守著山　守著岸
山在海邊守著你

山在夜中守著你
山在夜中守著海
守著沙灘守著浪
船在浪中守著你

守著海浪守著夜
守著沙灘守著你
守著河岸守著水
我在夜中守著你

守著山巒守著夜
守著泥土守著你
守著星，守著露

我在夜中守著你

守著樹林守著你
守著草叢守著夜
守著風　守著霧
我在夜中守著你

守著聲音守著夜
守著雀鳥守著你
守著戰爭守著死
我在夜中守著你

守著形象守著你
守著速度守著夜

守著陰影守著黑
我在夜中守著你

守著孤獨守著夜
守著距離守著你
我在夜中守著夜
我在夜中守著你

輯五

夢或者黎明

天河的斜度

在霄裡的北北西
羊群是一列默默
是盼望的另一種樣子
在另外一種樣子裡
牧場在天河之東，那時
池塘在心之內裡
心在六弦琴肥碩的腰身間

祇一夜，天河
將它的斜度
彷彿把寧靜弄歪
而把最最主要的
一片葉子，垂向水面
去接那些星

天河垂向水面
星子低低呼喚
無數單純的肢體
被自己的影子所感動

六弦琴在音波上航行

草原

在帆纜下浮動
流淚
並作了池塘的姊妹
在高壓線與葡萄架之間
天河俯身向他自己

即是我的正東南
被籌範於兩列大葉桉
死了的馬達聲
　　發霉了的
嘆息是子夜的音爆
我的友人用方糖問路
迷失在屋簷下的森林裡

無人知你看她洗頭時的茫然
那時，天河在牧場的底下

無人知我看妳晒頭時的茫然
后土，去死是多麼無聊啊
時間從菜籃中漏失
去成爲蜂房
去釀
唯盲人的咀嚼始甜的蜜

自從天河將它的斜度
移置於我平平的額角
在霄裡北北之西
有日也有夜

夜去了不來
　日來了不去
三月在兩肩晃動
裙裾被凝睇所焚，胴體
溶失於一巷陽光
餘下天河的斜度
在空空的杯盞裡。

龍舌蘭

自從你的腳於彼時拔出滿植水芹之池塘
腕錶指著三點半
　　　指著多水草的心
而水松在槐葉萍下冥然不動
月見草，鬼月見，水月見通通不動
帝女星是兵士們遺失的頂彈簧，頂著

岌岌的天河，你心之所向
而晨間射出的睫毛
是虹彩在你虛構的死亡上

遂爾，我心中祇剩下龍舌蘭
醫生，何以夾竹桃要無休止的開著
開著也就是病著，醫生
　　　這兒不是沙漠
這兒是假寐的地帶你是電風扇
你是停車後晃動的雨刷子
祇有你才是寂靜，
因爲你是唯一的聲音

樹中之樹

在睫毛下的樹多快樂
在睇視中，樹在霧裡
在霧的手指觸及的耳垂
耳垂在齒間被舌所吻

在鼻端的樹眞寧靜
在嗅觸中，樹在風中

在風的裙裾觸及的短髭
短髭在唇上爲鼻尖所吻

在額際的樹多煥發
在淚滴中，樹在雨裡
在雨的足趾觸及的臉頰
臉頰在鬢邊被長髮所吻

在眼中　有星星在霧裡
在露中，在輕顫
在耳中　有小河在雨裡
在風中，在低泣

在手中有霧在臂彎裡

在髮中有風在頸項間
有雨在臉上
有露在鼻端
有溪在谷中
有路在溪旁
有樹在林中
有心在樹上
在樹中在樹中
在樹中，有樹甚哀傷

樹在樹之中，
樹在樹之間，
那樹中之樹呵

逢單日的夜歌

一

風起東南
我要爲西歸的鷺行的歪斜唱夕暮之歌
酒後的老天，
請將你睡前的悲憤爲我洗手
請將我手在你眩暈之中埋葬

請將之酸爲檸檬
請聆聽我，以你澆過星的半月，
請飲我

二

請喝我。我已經釀成；
你的太陽曾環繞我數萬遍
病過。我已沐過無數死者之目光
我已穿越一株斷葦在池塘投影的
三角之寧靜
我已經成爲寧靜，
請品嘗，猶可海飲你的落日
還有你的島嶼。我要雲呑你的半月

三

我已解纜自你的遼敻，
在人間我已是一個島嶼
我仍可以是一具琴
然則請撫我，冷風來自西北，請奏我
黑暗中看不見海流，
海流中看不見你鹹鹹的路

四

如今鳥雀的航程僅衹是黑暗的嘆息
而我足具飛翔中之靜止

天上的海，我吻過你峽中之長髮
我穿越你在人間的夢中的變形之森林，
星星之果園

五

走在你兩頰間鹹鹹的路，
我們共是十字路口的小步舞之旋風。
我們的視矚是可兌現的冥錢
十千億兆眼的老天，
以你數百萬光年之冷漠，
請看我所曾禮過的公墓：
陣亡者之墓
病故者之墓

處死者之墓……
而驚呼來自小草在人工花朵的枯萎中
生起

六

敲不響的雲層，
我的思念倚睡夢瓦窨冷冷煙囪而立
這個揮煙鞭趕
夜星之灼灼的牧者。彼亦曾牧過墳墓
我牧過城市。彼曾憫憫。
敲不響的雲層，我曾在獨木橋上
將魚夢驚醒
多麼的年少呵。

多小的溪流，一蓋棺便是一座橋

七

陰霾，枯萎中的花朵，
請回憶覆舟日之晴朗
請彩繪哭泣中之晴朗，雨後的樹，
剛剛畫好的樹旅行中之樹；
憩息的樹，
墳前的樹；
墓中之樹
根，根間之髑髏
請彩繪撈不著的沉屍之微笑在虹上浮起

八

鳴雞，軟暖之星在何處？請留住夢
吠狗，
請息止來自樓層間的自鳴鐘的
時間之爭辯
請飲用死去的時間
月光，請將這旋轉梯之「不及」撤走，
將等待撤走
請留住夢，
風，請將我歌走

九

請將我歌就的盆栽收留，澀味的黎明，
請收留盆栽中之水芋
請聽這翕翕的花皿，
這顫動的還叫作心臟；祇是
太遙遠
請聽來自子葉的昨日之曦光
請爲之在夢中一燦

十

請聽我對諸事務之褒貶

夜去了總有一個晝要來
我把一切的淚都晉升爲星，黎明前
所有的雨降級爲露
升草地爲眠床
降槍刺爲果樹
在風中，在深深的思念裡，
我將園中的樹
升爲火把

夢或者黎明

穿越疲憊之雲層　以及
渴睡的星群　抵著
冰涼的額角
堅持著不睡　不打
呵欠　而風在密林中
黑方口的煙囪
　仍自呵著熱氣

雲層疲憊還不算啦
太空中有爲隕石擊傷的夢

（請勿將頭手伸出窗外）

夢在稀薄的氣流中被擊傷　裹著
燬了的終於是隕石　那驕傲
穿越或是伴著沉落之霧
然而就要傾倒的星座
其冰涼的額角
倚著常年清醒的山巔
風自一片僞裝的草地穿過
灰灰的砲管上亦難免有星色的霧

（請勿將頭手伸出窗外）

黑綠的草原無處不是星色的露
乃至陽台　積水的陽台
屋頂上惹有逃亡的天空
而夢已越過海洋
何等狂妄的風呀　穿越
你偃息於雲層的髮叢
而我的夢
　猶在星色的草原
猶在時間的羊齒之咀嚼中
穿越
　緊閉的全視境之眼

（請勿將頭手伸出窗外）

航行中
　　我的夢有全視境之眼
疲憊的雲層不斷上昇而且消散
風滑過沉思水潭
在山中　桃金孃將她的紫色
緩緩地釋放
而聲音猶未賦與黃鶯兒
　　　　　　無從打起
穿越　山巔或是星座額角的微溫
老遠我就覺到你噓息的渾圓
或許　機群已然出動

（請勿將頭手伸出窗外）

或許船艦已經起錨
霧氣在急遽下降
你又要遲到了
海潮上漲
穿越　然而合昏琴鍵一般
次第張開其葉片　越過聲音
（請勿將頭手伸出窗外）越過
而在將要觸及她的夢的
圓（請勿將頭手伸出窗外）
我的夢之夢的銳角　鍥入
（請勿將頭手伸出窗外）
而你就是日日必來的

總是已將第一片曦光
　鋪上她浮腫的眼瞼
你就是我終於勝過了的
就要由我們朝朝將之烹飪的
那黎明麼

輯六

涉禽

風

——這裡曾是一條洶湧的河流。
——你是說這莽莽的荒原？
——一夜間滲失了所有的水。
——祇一夜麼？
——嗯，頃刻。
突來的沉默湧起蘆花的浪……

涉禽

從一條長凳上
午寐
醒來

忘卻了什麼是
昨日
今天

把自己豎起來
伸腰
呵欠
竟不知時間是如此的淺
一舉步便踏到明天

樹

記憶中你淡淡的花是淺淺的笑，
失去的日子
在你葉葉的飄墜中升高，
星空中尋不著你頎長的枝柯，
雲層間你疏落的果實，
一定冷且白。

應

用不著推窗而起
向冷冷的黑
拋出我長長的嘶喊
熄去室內的燈
應之以方方的黯

秋

忽然，這些有號碼的屋宇
再一次浸在清酒般的澄明中
假日的營區闇啞一如庭院
啊，劫後的宮闈
俯伏於辦公桌上的
我是唯一的被害者

韓信化石有隻眼該是睜著的
祇閉了一隻眼　我還沒有死透
除非你肯將這穿胸的利器
拔出
好狠！這特級高粱一般的匕首

好陰毒！你這宇宙的刺客
快四十了　還來窺探我
一年一度地　總是穿窗而出
來時揭起的那幃幔　啊
如今已是藍布窗帘了
怎麼還不將它放下……

巴士

風把它拉長，路把它扭曲：速度模糊了的容顏且及於坐在車中的我，並我的煩惱；我不曉得我的腳在何處，甚至常年的風濕也遠了。而尤令我所不解的是駕駛——自他戚戚的額角看來竟有機械以外的困惑——他怎麼可能從裝滿風景的擋風玻璃中看見自己的腳；直自汽車到站一根橡皮筋縮彈回來般停下來；我在下車後才發覺，這駕駛，原來把雙腳放在引擎蓋上；即此時猶不住的嘆息它們：「唉，第二義的，第二義的……」

安全島

一

趁掉了末班巴士的乘客
踐著月光的積水
引起滿天星子的騷亂
奈何假寐的安全島

道樹路樹和白眼
走出我們深處的懦怯

二

快速行車與道樹的傾斜
迎面撲來驚奇的審視
跌碎了盤碟的侍者的仰天嘆息
而令你的駕駛者困惑的
兩條線的永不相交

輯七

門或者天空

門或者天空

時間　在爭辯著
地點　沒有絲毫的天空
在沒有外岸的護城河所圍
繞著的有鐵絲網圍
繞著沒有屋頂的圍牆裡面
人物　一個沒有監守的被囚禁者。
被這個被囚禁者所走成的緊

靠著圍牆下
的一條路。
在路上走著的這個被囚禁者
終於　離開了他自己腳步所築
的路
他步到圍牆的中央。
他以手伐下裡面的幾棵樹。

他用他的牙齒以及他的雙手
以他用手與齒伐下的樹和藤
做成一扇門；
一扇只有門框的僅僅是的門。
（將它綁在一株大樹上。）

他將它好好的端視了一陣；

他對它深深地思索了一頓。

他推門；

他出去。……

他出去，走了幾步又回頭，

再推門，

他出去。

出來。

出去。

在沒有絲毫的天空下。在沒有外岸的護城河所圍繞著的有鐵絲網所圍繞著的沒有屋頂的圍牆裡面的腳下的一條由這個無監守的被囚禁

者所走成的一條路所圍繞的遠遠的中央，這個無監守的被囚禁者推
開一扇由他手造的祇有門框的僅僅是的門

出去。
出來。
出去。
出來。出去。出去。出來。出來。出去。
出。出。出。出。出。出。出。

直到我們看見天空。

哭泣或者遺忘

爲了有所記不清而哭泣。高積層雲在眉眼與巧指的撥弄中。布縫的
玩偶，滿被時間的屍體，在第二義的樓梯上。

這或許是一種遺忘。你是丘陵上的霧，你在矮矮的灌木叢中。誰是
漠漠的陽台？誰是露？我是那年戰後的跫音，在凌晨四時，回響在
一列長廊中驚嚇著自己。

我們是霧。不管是在歡樂或是哀傷中，在沼澤似的三角洲，在蘆荻間，我們是看不見的小船，是僅僅被聽到了的槳櫓的傾訴，那就是兩聲部的我們的歌。

若然眞的哭了，櫓與槳，哀哀的荻草，我們沒有——聲音已在肺葉中死去。而淚落的石欄杆、銅香爐，雖然他們沒有哭。

在低溫的晚上，在蛄螻啃嚙著根鬚，而小螬螃吃著子葉。海上的霧銹蝕著兵士們的槍刺，而淚是更其快的。不管星星或月亮，照著有戰爭和沒有戰爭的地方。

溺酒的天使

酒瓶跌破之後，那飲者不但爲芳香四溢的液體之迸流而嘆息，且頹然地匍匐在地上，嚅囁地說：「你並沒有罪啊，正如我是一樣。爲什麼呢，不當心嗎？別人都喜歡綠色的天堂，而你鄙棄一朵臃腫的菊花——誠然，它那樣子眞蠢——但我是無能幫助你了，我已經微醺。」因爲一個天使正溺在他自己所碰翻的酒中——或是他方自盛酒的瓶中溢出亦未可知——他半透明的黃色的小膀翅正被淺綠色的液體溶化著……

「也好。」飲者說：「同我一樣，做一個眞正的人吧。」那聲音高得
祇有瞎眼的老鼠和未滿月的嬰兒才能聽得見。

醒

他們在我的臉上塗石灰
他們在我的全身澆柏油
他們在我的臉上身上抹廢棄的剎車油
他們在我的兩眼裝上發血光的紅燈
他們把齒輪塞入我的口中
他們用集光燈照射著我
他們躲在暗處

他們用老鼠眼睛監視著我
他們記錄我輾轉的身軀

出竅而去。我的魂魄。

邂逅過各種各樣的願望，恐懼與憂傷；我的魂魄，自夢的鬧市冶遊歸來，曾見躺在床上的，被人們改造得已經不成人形了的，自己的軀體；不出所料，開始時，我確被他們的惡劇怔住了；然而，即使被塞以利刃的，我自己的雙手，亦不能嚇阻我，自己的魂魄，飄過去，打窗外沁入的花香那樣，飄過去把這：廝守了將近四十年的，童工的，流浪漢的，逃學時一同把快樂掛在樹稍上「風來吧，風來吧！」的；開小差時同把驚恐提在勒破了腳跟的新草鞋，同滑倒，同起來，忍住淚，不呼痛的！也戀愛過的；恨的時候，沉默，用拳頭擊風，打自己手掌的；這差一點便兵此一生的；這正散發著多麼熟習的夢魘之汗的，臭皮囊，深深地擁抱。

無質的黑水晶

「我們應該熄了燈再脫；要不，『光』會留存在我們的肌膚之上。」

「因了它的執著麼？」

「由於它是一種絕緣體。」

「那麼，月亮呢？」

「連星輝也一樣。」帷幔在熄燈之後下垂，窗外僅餘一個生硬的夜。屋裡的人於失去頭髮後，相繼不見了唇和舌，接著，手臂在彼此的背部與肩與胸與腰陸續亡失，腿和足踝沒去得比較晚一點，之後，便輪到所謂「存在」。

N'ETRE PAS。他們並非被黑暗所溶解；乃是他們參與並純化了黑暗，使之：「唉，要製造一顆無質的黑水晶是多麼的困難啊。」

阿米巴弟弟

拉著我草綠色衣角的小孩，哭打著從樓梯上退下來的阿米巴弟弟，對他的邀請我支吾地拒絕了。這簡直是一隻嗥月的獸，他的頸子說：爲什麼不到樓上我的家去？那時你看見梯子，又細又長，你在城裡有一個窩和一些星子嗎？

我奇怪人有一個這樣的弟弟「是既乾淨又髒的？」像一隻手，浣熊的，我想其掌心一定像穿山甲的前爪。一個人有個阿米巴弟弟既像浣熊又像穿山甲，而我在夜半的街頭有數十個影子。

冷藏的火把

深夜停電飢餓隨黑暗來襲，點一支蠟燭去冰箱尋找果腹的東西。正當我打開冰箱覓得自己所要的事物之同時突然發現：燭光、火焰珊瑚般紅的，煙長髮般黑的，祇是，唉，它們已經凍結了。正如你揭開你的心胸，發現一支冷藏的火把。

輯八

手套

雨季

失去了百分之一噸糖的甜蜜
蔗板
在屋頂作了〇．〇三甲田之回憶
而薄薄的石灰的夢是厚厚的
　　硬繃繃的、火辣辣的
於它失血的面頰
一個未知的國度底圖顯現了

啊，方向不明
窗外的雨帶風不輟……

因失去了簷滴的暢流
話語乃在鉛皮管裡嘰咕
思想乃在陽台頂上鬱積
小雨點乃織著鱗的圖案
我亦織著海的圖案
憶及三月前遺忘在那裡的一隻木履
定必漂浮於陰暗之一隅
如一艘沒有水手亦沒有乘客的郵船
而想著那株亞力山大椰子的無辜
被院子裡的人濫施憐憫

被三樓的房客無因惱恨
被被禁在二樓的房東女兒
誤認爲對她悲慘的遭遇而落同情之淚

烤鵝

一隻剛烤好的全鵝飛走了。並且，攫去我們僅有的一瓶特級清酒。在一個晴朗的月夜，一朵將萎的茼蒿菊似地我們赤裸裸地俯身在海濱的沙灘上，唱著：「不用金屬的刀和叉。也不使竹筷的，我們是一群啜瓶口的酒徒喲！我們是吃『美』的饕餮者。啊！你黃油油的香噴噴的一隻新烤的全鵝呀！你黃油油的香噴噴的一隻新烤的全鵝呀……」直到晨霧將我們神聖的裸體輕掩，露珠自我們發紅的鼻尖滴下……

梯

從我書桌前面的窗望出去，約廿五公尺的地方，是一間水泥的平頂小屋；從前是車庫，現在棄置著。去年冬天，不知誰搬來一把比那小屋高出三分之一的長竹梯，斜靠在那裡。

窗前有幾株矮小的櫻樹。在冬天，我仍然可以透過那些瘦削的樹枝看得見那小屋牆壁上的水漬和裂痕；令人時時保留一些殘餘的實存感。冬天一過，春天便很快的來了，蒼白的櫻樹花的盛放以及過早的萎謝都不曾攪亂過我，不覺又就到了夏天。

一日午後，坐在書桌前，我正感百無聊賴，用手攀著桌的下沿，身子向後仰著。這時，一個景象忽然出現在眼前；在櫻樹的濃密的葉叢掩照之後，我已看不見那個佈滿水漬與裂痕的小屋，只能從樹梢上沿望見──啊，那一把竹梯還放在那裡，那高出小屋的一部分，正投空地沒緣由地豎在那裡。那時，天空藍得像海；這時，正有一朵白雲一片帆似地打梯端緩緩航過。同時，一個念頭在我腦中出現，我說：「鬼曉得！我怎麼會有這樣荒唐的想法呢？」我正在自責時，同事陳君不知何時已站在我身後說：「怎麼？又在想誰啦。」「鬼曉得！」我說，同時把手向那梯和那朵雲一指「囉，你看。」剛好這時──忽然那梯移動起來──大概是有人來搬走。

「等一等！等一等！」他一面狂呼，不顧一切的跨過我的桌子，從窗口衝出去而跌倒在地下了，可仍然不住的狂呼著：「等一等！等……一……等──」而我也只好俯首在書桌上嘆息了。

楓

一個小孩指著路旁的一株樹問我：「這是什麼樹？」
那時是三月。我說：「樹。」
樹的枝幹都呈銀灰色，嫩綠的葉片像那個小孩的小手；但是，他不
滿意於我的答覆，他生氣了，歪著脖子嚷道：「樹？是什麼樹呀！」
我怎麼能告訴他哩，那時是三月。我說：「小朋友，你還小——你幾
歲呀？」
「六歲半。」他說。

「好。」我拍拍他的長著細長的毛髮的頭說：「過半年，等你滿七歲我告訴你。」

像游過一個小小的池塘，六個月後，楓樹們都露出鵝一樣紅色的腳距在風中舞弄。但是，紡織娘和叫哥哥奪去了那小孩對我的友誼——他不再來問我這是什麼樹了？

一天傍晚，我從樹下拾起一片猩紅的葉子來，向一個正從我身旁走過的老人說：「這是一片楓葉哦。」

那老人，用一種秋天的草原特有的眼神狠狠地看了我一眼說：「我知道！」然後隨著那被西風捲起的葉群氣虎虎地走了……

手套

有一次，我在做完工後，回到寢室裡，先脫下一隻手套，向床上一扔；然後，掏出一支香菸來啣在嘴上，並且，已擦燃了火柴，正準備吸時，忽然，我從火焰尖端的黑煙燻飄中透過，凝視著那隻躺在床上的被黃土染黃了的黑土染黑了的被黃土和黑土染成了赭褐的白粗的手套。

此刻，那隻手套，因離了我的手，自然是空癟的；食指成三十度地斜曲著，小指被疊壓在無名指和中指之下，已看不見，甚至，簡直像斷了一個指頭。呵，它是如何地充滿了孤獨的哀傷之情。我急急摔滅了火柴，把另一隻手套脫下來，很快地丟在它旁邊。

第二隻手套，卻是仰臥著的。手指都無力地攤開來，指尖向著原先那隻，距離約十公分成爲一個直角；說是休息著哩卻又煞像哆嗦；就這樣，一雙赭褐色的粗白色手套，唉，再也沒有比這更能象徵出：沒有希望的希望，絕對的空虛的悲哀，與千萬萬分的頹廢的人。即使是一個未亡人擁一襲外套跳慢板的華爾滋。

玩笑

有一次，我和一群螞蟻開了一個不小的玩笑。

盛夏的驟雨初停，空氣異樣的清新。一群螞蟻正忙碌於建造牠們的新居。每一隻螞蟻都非常勤奮有從地穴中掘出一小粒的黃土，啣來拋在穴外一公分半遠的地方；而那些小小的黃土粒，很快就堆成一道小小的圍牆。牠們似乎都很高興。但是，我和牠們開了一個不小的玩笑。

我把一隻出外尋找食物的螞蟻捉住，用手指輕輕將牠捻殺；然後，從牠們新築的巢穴之上空丟下；丟在那道小小圍堵當中的那些正在慶祝牠們又完成一片領土的征服的蟻群中。我看見那些素以勇敢、團結著名的螞蟻，忽然變得非常地怯懦、自私起來了；僅一秒鐘的時間還不到，便都逃得精光。

可是，我卻只是和自己開了一個玩笑。當我把那隻捻死了的螞蟻的屍體從空中丟下之時，我好像聽見一個巨靂似的聲音從每隻螞蟻的口中驚呼出來；而我就是把這聲音投到自己心中的人。

那聲音說：「啊，死！」

也許這在牠們，是唯一的宗教問題。

可是，我總是和自己開了一個很大的玩笑。

牧神的下午

一

……………………………………

……………………………………

二

一個八九歲的小孩，在一個約三公尺寬的髒水塘旁邊對著那太陽眼鏡似的水裡躺著的兩隻牛大聲吆喝著：「喔！喔！」並且把牠們穿著鼻孔的繩，使勁地往上拉。那是那兩條牛，其中的一隻，瞪了他一個白眼；另一隻，把頭轉向一邊，用鼻子哼出一些髒水，算是對他的答覆。

近處的草原上，正有三級風吹過。

那個小孩開始用一根細長的竹枝鞭著水面，一面用手指波動著草叢說：「啊，我的先人，我的祖宗，起來看一看吧；看那草是多麼青，多麼嫩呀！但是，噢，它們都在那裡奔跑著呀，它們在風神的追趕下都要逃走了！它們是那樣地長，如果不被風神的大輪子輾倒，你們吃起來連頭也不用低哦……」

可是，那兩條牛，連看都不看他一眼，把頭轉向旁邊，用尾巴在塘底醮一些泥漿摔出水面，像用手一揮說：去你的吧。

那小孩，忽然摔了手中的竹枝和繩子，很快地跑在風的面前，到草原上拔起一把長長的草來，奔回塘邊，用嘴咬了一口，嚼著，並且，用最溫和的聲音向牠們誘勸：「哪！親愛的，來嘛，這草多嫩，多甜。」又在鼻邊嗅了一下說：「啊，好香！來呀，來吃呀，啊，我的心肝，好香呀，多嫩呀，多甜呀……」並且一面牽引繩子。

兩條牛中的一條，似乎已經嗅到了草的香味，開始站起身來，可是，瀝青一樣濃黑得發光的塘水，用溫暖的手輕撫著牠那灰紅色的大肚子；牠側轉頭，對他和他手中的草看了一眼之後，忽然又一歪身躺了下去；濃黑的水被擠到塘邊，然後像久別重逢的新人一樣地奔回，把牠們擁抱，淹沒了整個背脊，直到頸項。而那個小孩，卻因此而被拖倒在塘邊了。

三

我們都知道：假如那個孩子不曾遺失了他的牧笛，（啊，我們不知道他是怎麼遺失的？）他是大可不必這樣費勁的。如今他卻坐在塘邊，一面看著那兩條親著髒水的牛，一面看著那像要逃去了的草原，嗚嗚地哭了起來，直到太陽笑著從山後隱去。大地把一切色彩依相反的順序還給天空。

主題

所有的人們都走出了屋子，去尋找秋天的主題。
走遍了城市的每一條街巷，走遍了每一個鄉村的角落，從楓林裡出來的人，不過拈幾片楓葉；從菊圃裡出來的人也失望地握一把黃花。
他們都沒有找到秋的主題。
於是，向草原出發。
草原上，一片金黃，它是那麼遼闊，空曠，人們有趕著獵犬的、有放出兀鷹的；然而他們已經失去了能找得到的信心。草原上，只聽得見鷹犬的嗚嗥和人們的跫音與嘆息……。

在遠遠的草原之彼方，忽然出現一個藍色的淡影，人們都在屏息著，瞪大了眼，看那個藍影的長大——那藍色的影子向他們逐漸接近——而使他們同蠡測、企望和等待而猛烈地跳動著心臟。但當那逐漸增大的藍色的影子終於變成一個人形的時候，他們失望了——這是他們一向瞧不起的詩人！而那詩人，在看清楚了他們之後，以一個久病初癒的人在鏡中第一次看見自己竟是那樣憔悴時的那種驚訝的眼光而停住了。在約兩個全分休止音符的沉默之後，人們開始無聲地嘆息，已經有人回頭走了；但是，一個小孩卻向詩人問道：

「詩人，你也是來找尋秋天的主題的嗎？」

詩人點了點頭，因爲問他的是一個小孩。

「那麼，你找到了嗎？」小孩又問。

詩人用茫然的眼光望著無限的草原說：「我找到了。」所有的人們都停住了腳步，掉轉頭——像很多的傀儡被一根線所操縱的那樣——看著詩人，而又同聲的——像在樂隊指揮的指揮棒一揮之下所發出的聲音一樣問：

「在哪裡？」、「是什麼？」

詩人向他們僅作¼休止時的哀傷之視矚之後，用一種全然不是他自己的聲音，有如威廉泰爾序曲終曲式地說：

「在這裡。就在我們每一個人現在所站立的地方，它就是這些去尋找它的這些人們，你們和我，我們就是這秋的主題啊！」之後，忽然雙手掩面，轉身向那無限的金黃的草原之深處狂奔而去。……

卷二

用腳思想

輯一

音速

咳嗽

坐在
圖書館
的
一室
的
一角

忍住

直到
有人把一本書
歷史吧
掉在地上

我才
咳了一聲
嗽

一九七〇年　愛荷華

電鎖

這晚，我住的那一帶的路燈又準時在午夜停電了。

當我在掏鑰匙的時候，好心的計程車司機趁倒車之便把車頭對準我的身後，強烈的燈光將一個中年人濃黑的身影毫不留情的投射在鐵門上，直到我從一串鑰匙中選出了正確的那一支對準我心臟的部位插進去，好心的計程車司機才把車開走。

我也才終於將插在我心臟中的鑰匙輕輕的轉動了一下「咔」，隨即把
這段靈巧的金屬從心中拔出來順勢一推斷然的走了進去。
沒多久我便習慣了其中的黑暗。

一九八七年一月十三日　中和

月光

——悼或人

根據一位目擊者的描述，說：開始時我簡直被他的行徑所震驚，他舉步在微風中搖擺著的芒草之頂端，他難道是達摩？他又高舉手杖兩臂向外猛揮，彷彿在叱咤著什麼，他大概以爲自己是能叫海水讓路的摩西，雖然溪水很淺，然而隨處都有盜採砂石所留下的坑洞，不過，我沒有聽到任何水聲，已經是十六號凌晨，月亮特別圓，天空非常藍，按理他可以抵達彼岸。

他的衣褲甚至鞋子都沒有打濕。根據法醫的報告：他是被月光淹死的。

一九八七年八月二十八日　中和

音速

——悼王迎先

有人從橋上跳下來。

那姿勢凌亂而僵直，恰似電影中道具般的身軀，突然，在空中，停格了½秒，然後才緩緩繼續下降。原來，他被從水面反彈回來的自己在蹤身時所發出的那一聲淒厲的叫喊托了一下，因而在落水時也祇有淒楚一響。

一九八七年八月二十八日　中和

木棉花

——悼陳文成

杜鵑花都已經悄無聲息的謝盡了，滿身楞刺、和傅鐘等高的木棉，正在暗夜裡盛開。說是有風吹嗎又未曾見草動，橫斜戳天的枝頭竟然跌下一朵，它不飄零，它帶著重量猛然著地，吧嗒一聲幾乎要令聞者爲之呼痛！說不定是個墜樓人。

一九八五年　台北

路權

我用眼睛來執行。

我在若干年前向她宣稱的那條我一直未曾帶她去散步過的僅僅屬於我的樵路之路權。看沒有跫音的目光之步履踩在像楓而其實是橡樹的，與乎各種各樣的灌木的，手形的、心形的落葉之上，下面是不規則的石塊，每升一級，我的老花眼鏡也跟著升高一度。

顛躓中，我恐懼著路權的執行，可能逾越電線甚至雲層。

一九八五年　台北

沙漠

從大腿上長出
　大腿的
仙人掌
把一生中
最燦爛的
笑

開放給
終日暴虐它的
炎陽

一九八二年　台北

廢園

從手臂長出手臂的優曇
無意於捕捉明日之雲朵
在夜間，於微風中展露
從手臂長出來的
　　　　　私處
以可觸的時間之速度
　　　　　緩緩開放

形而上的芬芳
自桃色的唇瓣分解出來
陶醉了石頭與瓦礫

從手臂長出手臂又長出
短暫之歡愉的
　　　優曇
在謝落前把曾經吸入的星光
吐出
將一個頹圮的庭園照亮

一九八二年　台北

露台二首

一

我早已說過了　親愛的
上弦下弦於我都是一樣
你偏要把月亮翻轉來
我早已警告你　親愛的
那把剪刀非常鋒利

你偏要把月光一再剪截
你更應該知道　親愛的
晚風會突然轉向
甚至夢也會被吹下陽台

二

月已西沉　親愛的
不要去搬動
盆栽　當心
你薄薄的影子
被突來的晚風吹落陽台

一九八八年　中和

輯二

封神與聊齋

池塘（枯槁哪吒）

從污泥中竄長出來，開過花也曾聽過雨。結果。終還要把種籽撒到污泥中去。唯有吃過蓮子的人才知道其心之苦。

父親和母親早已先後去世，少小從軍，十五歲起便爲自己的一切罪行負完全的責任了。這就是所謂的「存在」。僅餘下少數的魂、少數的魄、且倒立在遠遠的雲端欣賞自己在水中的身影。

深秋後池塘裡孑然的一支殘荷。

水田（申公豹之歌）

才唱出第一句
一隻白鷺飛來
便將我的歌
啣走
越過
山巒重重
飛向

雲層
的
那邊
的
那邊
而
去

呆立
在
眾多的水田當中我成了一竿
稻
草人

若干年後
白鷺再度飛臨
我的歌
早已詞句顛倒不堪吟唱了

一九八七年 台北

山谷

（張桂芳效應）

當我醒轉來的時候，猶記得奔馳中我曾經使出全身的力氣大聲呼喊自己的名字。四周的山巒也不斷呼喚著我的名字。

那年的第一個月的第一天，我和我的機車同時跌倒在一個青翠的山谷中。

一九八七年　三峽

大地（土行孫告白）

他們把我懸掛在空中不敢讓我的雙腳著地
他們已經了解泥土本就是我的母親
他們最大的困擾並非我將因之而消失
他們眞正的恐懼在於我一定會再度現身

一九八七年　台北

火燄

（馬善疑點）

每當西風走過，每當暗夜，每當鼻塞，每當獨行，儘管我的步伐依然穩健，卻爲何我的身影總是忽明忽滅？

遂想起那年，他們在打斷了整綑扁擔之後，竟捨棄刀槍不用而改以一壺冷水灌進我的鼻孔我的嘴巴，直到我停息了謾罵。

難道，他們那時就已經得知，我的生命本是一團火燄，是一盞從古佛殿前逃亡的明燈？

一九八七年　台北

聊齋

她用一雙辮子背對著我說：請把我的形象找回來，我把它遺失在黃昏之中了。

我倒退著向黎明奔去，穿越凌晨、午夜，翻遍了昨日所有的晚霞，立刻折返，再次穿越午夜、凌晨，以爲一腳踏進的應是朝雲之際，我高聲對她說：找到了！

她緩緩地轉過身來面對著我以一頭長長的黑髮，我的第二隻腳已然站在夕暮之中。

一九七八年　台北

頭七

——紀念女兒她們母親的母親

都快到家了。

當她以半世紀前的習慣，俯身在這條少女時代浣衣的溪畔，發現雙
手竟然捧不起半點清涼，而平如明鏡的水面照不出她絲毫的形影；
這才想起兒媳們都作興上教堂，沒有人爲她唸經，她連一塊靈牌都
沒有。

一瓣桃花從月牙上流過，外婆差一點哭出聲來。她幾乎忘了自己是踏著茅草的波浪踏著蘆花的波浪踏著台灣海峽的波浪踏著洞庭湖的波浪回來的。

一九八七年　中和

三七

——紀念孩子們的大舅父

爲了解釋他並非死於間諜，他又急急地來到我的窗前，他身上殘餘的海灘氣味還激怒了屋角上那隻懶洋洋的暹邏貓。

爲了解釋並非死於預謀，他只能把變幻莫測的洋流溫度傳到我的身上，害得我在睡夢中忽冷忽熱。可憐他早已失去了人世的語言。

爲了解釋他如何被一個海流漩渦以及海草所吸納，他任由自己浮動的魄影被窗帘圍繞復圍繞，在我猶未驚醒之前緩緩沉入又黑又深的天空。

一九八八年　台北

五七

——紀念孩子們的外公

聽罷比他早走數年至今猶是孤魂野鬼的部屬有著每被芝麻大小的神祇所爲難而不能盡收生前足跡的抱怨之後，他不禁大嘆連靈界亦充滿了勢利眼。要不，怎麼自己進入老家舊宅院時並未受到任何攔阻。

而他生前的副官卻另有解釋，他說：長官，回煞不順非關我的階級大小，問題出在我腿中的那顆彈頭，雖然它生前以不同程度的痠痛使我預知風雨，如今卻被自家的門神視爲帶有兇器而不准進出。

現在，他終於諒解兒媳們將他火化並非忤逆不孝了。記得撿骨的時候還有個孫子誤把熔化後他脊椎旁那些彈片當作勳章哩。

一九八八年　永和

穿牆貓

自從她離去之後便來了這隻貓，在我的住處進出自如，門窗乃至牆壁都擋牠不住。

她在的時候，我們的生活曾令鐵門窗外的雀鳥羨慕，她照顧我的一切，包括停電的晚上爲我捧來一鈎新月（她相信寫詩用不著太多的照明），燠熱的夏夜她站在我身旁散發冷氣。

錯在我不該和她討論關於幸福的事。那天，一反平時的吶吶，我說：「幸福，乃是人們未曾得到的那一半。」次晨，她就不辭而別。

她不是那種用唇膏在妝鏡上題字的女子，她也不用筆，她用手指用她長長尖尖的指甲在壁紙上深深的寫道：今後，我便成爲你的幸福，而你也是我的。

自從這隻貓在我的住處出入自如以來，我還未曾眞正的見過牠，牠總是，夜半來，天明去。

一九八七年　中和

輯二

無言的衣裳

風

從永和騎回台北
這橋頭引道的斜陡
已超過了十五度
你老是打新店溪的上游
刮過來
我的破傘承受了
秒三十公尺的壓力

（算算看，我輕微的咳嗽
要多久，才能在遠方
被暗夜中醒著的人聽見）
而生活的壓力不是秒公尺的
雖然也有險峻的坡度。
卻奈我的雙手雙腳不合
不信，就狂吹一陣看
你就曉得我的匍匐
並非是投降的姿勢
一寸寸地
我仍在向上爬啊，刮吧
風

一九七六年　台北

馬

逆風中
以時速六十公里
超前而去的Blue Bird
煙塵過處（便證實）
經濟亦隨之而起飛了
我破舊的雙輪座騎
應和著我

也在輕微的咳嗽
望見河下薄霧中的垂釣人
便覺得你是道情的鈴板了
你這愛在風雨中行吟的
至今還有人叫你自由車的馬
可是，等到了家門
你就會被鎖在公寓樓下
那並非是我要剝奪你的自由
而是明天　明天
我們仍要去走
那條老路　去過
那條老橋　去過
和昨天一樣的日子
我深怕

又有人順手牽羊
騎走了你這匹祇會咳嗽的
馬

一九七六年　台北

蚊子

自從我的那位同事結婚之後，他從前在河邊自建的小木屋就算被我接收了，然而，我幾乎同時接收了一屋子的蚊子。

自從我把舊有的欄柵式木板窗改成紗窗之後，我便失卻了把燈下的人影看成小狗的樂趣。

爲了把這些營營然的眾生驅逐於我首次擁有的國度之外，我立刻加裝了一道紗門。

然而，門，總是要開啓的。

便這樣，終於也會有些不速之客會趁機溜進來，即使在非常小心的情形下，哪怕是一隻，也會打擾我的寧靜。而眞正打擾我的，倒不是牠的營營然，嗡嗡然，乃至被其螫咬，卻是我自己這顆容不得別「人」的心。一感覺得這個屋子中還有別的生物存在，我便怎麼也無法靜下來，既不能寫，也不能讀，甚至無法思想。在用書本衣物驅殺無效，甚至失去蹤跡之後，便祇好靜候其再度出現。好不容易發現其竟然爬在門紗上，便想：既然要出去，便放了你吧。可是，待到我去開門時，牠卻又飛回屋中的暗處去了。

可惡呀！心中的恨意開始煎熬著我。

於是，我開始了一個陰狠的計畫；我把衣服通通脫去，除了一條短褲，我也深知蚊子是不怎麼喜歡光明的，我就把凳子移開燈遠一點，但仍然看得清楚的地方；我靜坐著冥然不動，嘴中唸著：「嗟來食。」心想，蚊子總該不是一個拘禮的「人」吧？

其實我錯了，蚊子固然不懂得人話，但也卻不那麼迂腐，若非我剛才那一陣運動，使我的皮膚有了汗味，牠才不會光臨呢。好像什麼人又說過：心懷恨意的人，身體自會溢出惡臭。

而蚊子正好是一個逐臭之夫。

終於牠來了，悄然掩至。但卻不是我想要牠留停的地方；直到我感覺得腿肚子痛，皮膚自己悸動了一下，待想把腿轉動過來時，牠已經飛走了。

眞是教人懊惱，越是如此我便越要克制自己；並且提醒自己：蚊子總是在暗處下口的。我故意地不斷輕移著雙腳，又微微搖晃右手，終於在牠沒有選擇的情況之下，施施然降落在我始終保持不動的左臂上。

「好啊！」不知是否由於牠竟然聽得出我心中的歡呼，牠曾經一度企圖飛走，雖然後來又重新降落下來，卻好似仍然有些許的疑懼。我不斷警告自己要克制、要忍耐，我努力屏住呼吸。好像已經得到我的信任了，牠甚至還在我稀疏而柔軟的寒毛間散了兩步。當然，我知道牠是在尋找一個最適當的下口之處。

我已經感覺出來皮膚上輕微的痛，我也看得出來牠尖銳的口器所插入的地方。先開始，是牠口器旁的觸鬚微微的在向兩旁捲動。口器已經分明插得更深，因爲現在已經看不見而衹剩下觸鬚了。

這是一隻我們常見的家蚊子，不過，卻是那種生長在草叢間，而不是臭水溝中的那種；身形比較大一點和山間的小巧的花斑蚊大為不同，簡直可以說得上是造形優美，翅膀在背部鋪得很平整，灰灰的，然而很光潔。

說牠的造形優美，實在一點都不誇大，牠的腹扁長而不瘦癟，其上有黑白相間的斑紋。最美的是牠的六隻長腿，每一隻大概都有牠身長的兩倍卻按著粗細而分成長短不同的三節；那前面四隻腳在站立時，作了最均勻的方位分配；而且腳的三節彎度與斜度也給人以最安穩的感覺，是很合乎力學原理的。

最神妙的應該是後面的兩條腿，看它現在，正高高的舉起來，配合著牠因口器插得愈來愈深，而以致尾部上翹，整個身體和我的皮膚表面形成了一個美麗的十五度傾斜。或許是因為吸血時需要使力之故吧，那兩隻後腿還在不住的有節奏的掀動。

便這樣，牠本來黑白分明的腹部開始漲大而變得模糊了。其實，我所看見的只是那些黑白斑紋的漲大，先是黑的變成赭色，白的變得有些粉紅，我不斷的克制和努力的忍耐著。

好呀，你已經把我的血吸到你肚子裡去了。

這情形，不禁使人想起軍隊裡的驗血，當護士用針筒刺穿你腕間的脈管時，他一面問你痛不痛，你一面看見針筒裡鮮紅的血隨著上面的刻度上升。所不同的是，抽血去驗是一件「事情」，而蚊子把我的血吸到肚子裡去，卻不能祇算一件「事情」。這個你們一定不懂。我所茫然有覺的，竟是一種生命的交易。可惜的是，這種崇高的感覺維持得不太久。當蚊子的腹斑完全消失而成爲一種赭紅色，在我深深感覺出來牠的酣暢與沉醉之後，我幾乎可以聽得出來，自己心中的獰笑。

眞的，這個蚊子是醉了，飲人類之血而醉。

牠漲得圓鼓鼓的腹部不但是赭紅色，而且在燈下隱隱發出光輝。牠是眞的醉了。牠兩隻高舉的後腿不但停止了掀動，而且是保有幾分軟弱無力地懸垂著，然而，牠卻還沒有因吃飽了便走的意思。牠眞的是醉了。這正好。

在這種情況之下，比牠大上千萬倍的人類，是根本用不著所謂巴掌的，我緩緩地舉起右手伸出一個指頭，以食指，輕輕的按在牠身上，稍微停了一陣，不僅感覺到牠腹部的韌度，甚至能覺得出牠裡面我自己的血的溫度。

當我把手指移開時，牠已經不動了。牠的口器依然深陷在我的皮膚裡面，這傢伙當初未免過於貪戀，也過於耽溺了。我不能十分清楚的了解，自己未曾使大力捺破牠的肚子，是否因爲不願意鮮血玷污了自己的手，或是，怕看見蚊子的血便是自己的血，或是別的。反正，牠現在還沒有死，只是昏卻了。

我用拇指和食指把牠撿起來放在攤開的左手掌心中。

我眞的是有些憐憫牠了，牠分明是中了我的陷阱。

如果牠還能復甦，是否我該把牠放走？

我開始有些後悔：把人類帶有恨意的血去餵養一隻蚊蚋。若是牠再去叮別的人，會不會傳播仇恨？若是生養了下一代，那些蚊蚋會不會也帶著恨意叮螫人類？當然，這些都是很無稽的。最合理的解釋或許是，即使當時我心中曾經一時充滿了恨意，然而經過另一個生命的吸吮，是否便應該化消了？

然而，我終究還是沒有釋放牠，我及時摺疊了一個紙球，將牠封藏在裡面。老實說，即使「恨」會被傳染，難道人類向來還缺少了這種情感？至於遺傳，蚊子不恨也會吸血的啊！

眞正令我耽心的原來是「悲哀之自覺」，我怕這種人類特有的質素被傳染給昆蟲了。

一九八二年　台北

狗

每次，當我從欄柵式的木板窗縫中望出去，一直把這條臨河的、還不怎麼成其爲街的路看到黃昏。一直把那盞不知從何時起點著的路燈，由昏黃看到明亮。一直看到那個蹓狗的人出現在路燈的照射之下。

每次，總是要等到那人快接近路燈時，才看得見一隻灰灰的狗，跟在他的後面；他人愈近燈桿，那黑黑的狗靠他也更近，人一到燈下，那狗便不見了，我想大概是翹著腿在燈桿下做什麼了；可是當他一走過了燈桿，那狗就突然越過人而跑到了他的前面，愈走愈遠，直到人從燈光中消失。

一個人擁有這樣一隻忠實而有趣的狗。是多麼令人羨慕啊。

直到有一天，我禁不住想要和那人去打個招呼，而走出了我的小木屋；當我走向那盞路燈時，我才發現，我也有一隻忠實的狗跟在我的後面，並且也在我走過燈桿之後急急的跑在我的前面，愈跑愈遠，終於消失在沒有燈光之處。

一九七六年　台北

INK PUBLISHING

讀者服務卡

您買的書是：________________________________

生日：　　年　　月　　日

學歷：□國中　□高中　□大專　□研究所（含以上）

職業：□學生　□軍警公教　□服務業

□工　□商　□大衆傳播

□SOHO族　□學生　□其他 __________

購書方式：□門市 ______ 書店 □網路書店 □親友贈送 □其他 ______

購書原因：□題材吸引　□價格實在　□力挺作者　□設計新穎

□就愛印刻　□其他 __________________（可複選）

購買日期：________年________月________日

你從哪裡得知本書：□書店　□報紙　□雜誌　□網路　□親友介紹

□DM傳單　□廣播　□電視　□其他

你對本書的評價：（請填代號　1.非常滿意　2.滿意　3.普通　4.不滿意）

書名______ 内容______封面設計______版面設計______

讀完本書後您覺得：

1.□非常喜歡　2.□喜歡　3.□普通　4.□不喜歡　5.□非常不喜歡

您對於本書建議：

感謝您的惠顧，為了提供更好的服務，請填妥各欄資料，將讀者服務卡直接寄回或傳真本社，我們將隨時提供最新的出版、活動等相關訊息。

讀者服務專線：（02）2228-1626　讀者傳真專線：（02）2228-1598

廣	告	回	信
板橋郵局登記證			
板橋廣字第83號			
免	貼	郵	票

舒讀網「碼」上看

235-53
新北市中和區建一路249號8樓
印刻文學生活雜誌出版有限公司　收
讀者服務部

姓名：＿＿＿＿＿＿＿＿　性別：□男　□女

郵遞區號：＿＿＿＿＿＿＿＿

地址：＿＿＿＿＿＿＿＿

電話：（日）＿＿＿＿＿＿＿＿（夜）＿＿＿＿＿＿＿＿

傳真：＿＿＿＿＿＿＿＿

e-mail：＿＿＿＿＿＿＿＿

INK

風中之風

一

風乍起
早被拔去了插頭的電扇
竟也轉動了起來
將桌上我正填寫好的

履歷表
吹走了
而一片金黃的樹葉
卻被阻留於
灰色的尼龍紗窗上

將成熟的風景留置在紗窗外
把沒接線的電扇轉動起來
又吹走我履歷表的
啊　風中之風　是誰

不知道　是誰
翻開了我多年來寫寫
又停停的日記

是誰　不知道

二

是誰　令我的額頭
皺如「一池春水」
是誰　令我的膝關節
痠痛有如一棵樹
正被利刃鐫刻著
某年某月某日　某某某　到此一遊

一九七五年　台北

夜歸三章

一

細雨中過福和橋
腳踏車也跟著人淌汗
撲面的斜風
只涼了我的下半截
沿著鼻梁流下來的

倒也不是淚
從唇邊滲入嘴中
竟還有一些辣
這證明
我每天炒的都是川味

二

這證明
我已經活活的
回到了家
當我把鑰匙插進
公寓的大門
一滴雨從平簷上掉下來

剛好
滴在我的脊梁上
順著背心一直涼下去
教人好想
咳它一聲嗽

三

進得門來咳聲嗽
省得老妻問是誰

一九七八年　台北

某日某巷弔舊寓

黃昏過後
鋼筋在瓦礫中橫斜
舒卷　一帖
鐵的狂草
溶入淡墨的夜色
怪手
踞坐在客廳中

將它唯一的掌
伸進廚房
（也該是開飯的時候了）
它流著機油的手肘
一段不銹鋼的骨骼
比老天還要白
牆角處
有個破了的藥罐子
裝的仍是
老房東的咳嗽

一九七九年　中和

無言的衣裳

——一九六〇年秋、三峽、夜見浣衣女

月色一樣的女子
在水湄
默默地
搥打黑硬的石頭
（無人知曉她的男人飄到度位去了）

荻花一樣的女子
在河邊
無言地
搥打冷白的月光

（無人知曉她的男人流到度位去了）

月色一樣冷的女子
荻花一樣白的女子
在河邊默默地搥打
無言的衣裳在水湄

（灰朦朦的遠山總是過後才呼痛）

後記：一九六〇年秋，嘗與詩友流沙遊三峽，宿背街臨河旅館，房爲木架支撐之小樓，半懸於河上，風並水俱流於其下，遂喝米酒如飲高粱，醉而臥。夜有搗衣聲驚夢，推蓬窗視之，月色、荻花、水光，澄明一片，天地寂然，唯一女子浣衣溪邊，磕磕砧聲迴響於山際，不勝淒其。因憶兒時偕諸姑嫂濯衣河上之歡，水花笑語竟如昨日，不禁戚然。欲推流沙再飲未果，獨酌尋句又未得，遂輾轉以終夜。後又與秀陶等人醉此小樓，不復聞砧聲，亦未得句。二十年後，詩雖成，故友已星散，懷想之情不能自已，是爲記。

一九八二年　台北

輯四

更深的海洋

夜訪東海花園

藉著素手的牽引
跨越小溪中銀河
減緩我錯縱的腳步
怕踏亂玫瑰的芬芳

更深的海洋

香茅的波浪
拂湧腰身
夜是更深的海洋

星星明滅
是我們的思想
浮升在天際的泡沫

楊逵素描

乾瘦的雙腿
　盤坐在
光潔的竹床
同樣有崚峋的骨與節
都是只能折斷
而無法彎曲的

說話的聲音每高過窗外的秋蟲
炯炯的雙目把陰暗的屋角照亮

大度山本事

有人從合歡樹間走過
對生的葉片
都緊緊的依偎著
好讓更多的星光漏下來

有人在星光下走著
夏夜的昆蟲

都不喜歡吟唱
露珠被裙裾無聲的拂落

有昆蟲夢見花朵
從樹枝上跌下來
晚風在草叢中緩緩流動
教堂在星光下默默的蹬著

有人把身子倚著教堂
比夜還黑的髮絲
沿著屋簷垂下來
童年的故事就輕輕的滴落
諦聽者便斜靠著大度山

任由香菸在指間點著
原來　他就是
那以懶散出名的半人半馬座

近鄉

昨晚簷角風鈴的鳴響
分明是你叮噹的環珮
別以爲我不知道有人夜訪
院落裡的殘雪仍留有餘香

一九七六年十一月　漢城

出峽而去

人家說「少不入川　老不出川」
十五歲離你而去該正是時候
洋船上的少年
灩澦堆前一點猶豫都沒有
你不是說「對我來」嗎
何況掌舵的又不是我自己
便對著你　對著不可知的未來

入峽而去
穿峽而去
對著水漩中的夔府
說杜甫再見
對著霧裡的巫山
說朝雲再見
還有那傳說中的神女
峰中之峰再見
諸葛亮再見　八陣圖再見
再見再見　杜鵑再見
用不著喚我「歸去」
三閭大夫猶在七百里外的那頭
我這就要去秭歸
去汨羅

祇有出發才是歸去
去去去　過西陵
出峽而去
記憶中你窄窄的天空是一條長長的路
而我失落的童年
遂在兩岸的猿啼聲中隨輕舟流逝

宿霧情歌

昨夜的燈光　昨夜的雨
昨夜的朦朧　昨夜的醉
昨夜的旋律　昨夜的舞
昨夜的花環　昨夜的香
卡斯蒂諾　吉他　吉他
桑巴基塔　給她　給她
不要讓昨天晚上的霧

停滯在瑪麗亞今天的心上
把花環掛在她熟芒果色的頸項上
讓香氣散發在她幼椰子的胸脯前
不要讓昨天的歌遺留在海螺的耳朵中
快把你鬍髭的微雨落在她貝殼的唇上

桑巴基塔　吉他　吉他
卡斯蒂諾　給她　給她

溫水烏龍

下班回家的路上
遇見失散多年的戰友
竟然住在附近的社區
邀他去家中話舊

老妻用溫水泡茶
話題也不太熱絡

從解嚴談到戒嚴
烏龍還浮在水面

老友說妻兒沒有帶鑰匙
堅持不在我家中用飯
茶也沒喝兩口
就起身要告辭

直到把客人送走咔嗒關上鐵門
最後一片茶葉才終於沉到杯底

輯五

月亮和老鄉

月亮和老鄉

一

月
施施然從林梢踱出來

冷
許是樹枝想要說的話吧

冰
晶明地把話語給凍住了

二

慢拖拖地從林中踱出來
黃蒼蒼地
醉醺醺地
一張山東大漢印堂臉
是收車了的老趙麼
總是把三輪停在門前
再轉到木屋後邊

對著馬場町那片荒草小便

三

林木冰立
月臉黃圓
山東山西
貴州四川
河南河北
大陸台灣

老鄉！好高興在外國相遇
多想用中國話和你寒暄幾句
卻又怕你只會說英文

只好背轉身來故意不看你

四

燈下
讀著妻的來信
不知何時
菸蒂已經從菸灰缸的
邊緣　跌落
而月亮一定越高越小暖意全消了

一九七一年元月　愛荷華

五官素描

嘴

說什麼好呢

唯
吃是第一義的
歌

偶爾也唱
也曾吻過
不少的
啊——酒瓶

眉

祇有翅翼
而無身軀的鳥
在哭和笑之間
不斷飛翔

鼻

沒有碑碣
雙穴的
墓
梁山伯和祝英台
就葬在這裡

眼

一對相戀的魚
尾巴要在四十歲以後才出現

中間隔著一道鼻梁
(有如我和我的家人
中間隔著一條海峽)
這一輩子是無法相見的了
偶爾
也會混在一起
祇是在夢中他們的淚

耳

如果沒有雙手來幫忙
這實在是一種無可奈何的存在

然則請說吧

咒罵或者讚揚
若是有人放屁
臭
是鼻子的事

匹茨堡

薄霧中的馳車好似逃脫的魚
匹茨堡或許就要消逝了
我看見那座城
在一只上升的氣球中
失掉它的是一個黑人小女孩

其實那座城並不存在而只是一個樹林

其實那個樹林並不存在而只是一棵樹
其實那棵樹並不存在而只是一叢樹葉
其實那些樹葉並不存在而只是一群鳥
其實那群鳥並不存在而只是一些悲鳴

眾鳥啁啾，黑人一句話都不說
氣溫正在下降
我望著遠方，雖只是早上九點
我彷彿已經看見了　落日　黃昏

一九七〇年十一月

布朗市公園

獅子的
鬃毛
比
秋草
還要黃

在風中

彼此
亂了方向
比秋風
還要冷
嘘息
在枯草中
「八月十五月光明……」

一九七〇年 Bronx Park, N.Y.

凱亞美廈湖

比水的清冽
　更遠的
是林木的肅殺
比林木的肅殺
　更遠的
是山的凝立
比山的凝立

更遠的
是雲的蒼茫
比雲的蒼茫
更遠的
是天的渺漠
比天的渺漠
更遠的
是我的
望眼

一九七〇年 Kiamesha Lake

歲末寄友人

久遠了，很想念
忽然憶起
麥高文街雙柳園
庭前參差的草地
此時該已爲白雪擺平了
春來又會飄著黃雪
那便是蒲公英

它們總會領先
早我一步抵達你門前
便對遲到的我說：
下次別再呆在橋上看
逝者如斯的愛荷華河水……
德布克的小山岡
我是去過的
祇不知圍繞著你們新居的
會是什麼喬木，葉落盡
枝輕了。雪會把它們——
彎來你們的窗前嗎？

一九七六年　台北

我聽到你底心跳

——悼非洲詩人歐可後序並懷溫健騮

「我聽到你底心跳
咚咚嘟嘟咚……」

當你把寬厚的手掌
伸開
撫著身前尖底的小鼓
當你的短粗的手指
七根　八根

漫步輕踏於鼓沿鼓面
你充滿血絲的眼球
開始閃亮在你黝黑的臉上
就在你的眼中　臉上
我看見一隻公獅溫柔恰似一隻母狗
我看見一群大象湧動如風景前的雲
我看見幾隻羚羊跳躍彷彿橫飛的雨
我看見一叢樹生長勝過燃燒的火燄
我看見一條河奔流就是憤怒
我看見一村子的人歌唱還不如哭泣

唉，歐可你怎麼喝酒時清醒
反倒是擊鼓時醉了
唉，歐可，你錯把美洲當作非洲了

後記：

最近讀到一九八六年諾貝爾文學獎得主索因卡所編的《非洲黑人詩選》，集中也有烏甘達詩人歐可（Okot p'Bitek）的作品，覺得名字很熟，再翻集後的作者簡介，果然是我認識的那位非洲詩人，並從中得知他已於一九七一年去世，不勝悵然。

原來我和歐可還曾經有一段小小的過節。

十幾年前在愛荷華大學「國際寫作專案」（International Writing Program）作客的時候，曾與這位身材高大的非洲詩人相遇，後來並成爲酒友。所謂過節，是因爲在一場作家秀中他特意要搶我的風頭，我自己雖不在意，反倒是我的朋友溫健騮替我出頭，開他的汽水，所幸並未釀出什麼糾紛來，到飲酒的時候，彼此還各盡數觥，好不快意。

那是在一位美國著名農機製造商豪華別墅中的宴會上，有人請我唱中國民謠，我正在謙讓之時，歐可竟然不請自上，急急的站將出來，隨即叫他美麗的黑太太快快把早已準備好了的數種非洲手鼓搬了過去，這時，吾友溫健騮在一旁看見早已心中不樂，一面推我快出去，一面噓歐可。歐可這人，身高一八好幾，黑魘魘好似一尊鐵塔，確也有幾分先聲奪人，也不管別人的噓聲，竟自「咚咚咚」擊起鼓來。

平心而論，歐可擊鼓的技巧並不高明。但是不要說美國人最吃這套，並連我也是第一遭親見一個非洲黑人在我面前擊非洲手鼓。數通鼓聲之後，不但我爲他鼓掌，噓過他的溫健騮也照樣給他掌聲。妙的是，我歌完一曲，他給我的掌聲卻是加倍奉還。

我們在成爲酒友之後，他卻總是自飲自酌，酒量相當不錯，很少見他醉過。

另一次去奧哈瑪又與他同行，夜經一個小鎮，車還未停，歐可一人大叫起來：「LIQUOR!」原來他看見一塊酒店的招牌，不巧，那天是星期天，愛荷華是個週末禁酒的州，他失望地走到路邊去小解，黑暗中他的眼睛分外明亮，卻是頗爲茫然的，使人覺得他此時正站在非洲的荒原之上，眞有種「天蒼蒼野茫茫」之感。

那年之後，我不知他是否回到非洲，現在，竟然說他已於一九七一年，死於病酒，我簡直不敢相信。

至於溫健騮，他也在一九七五年死於鼻咽癌，至今我還保留他送給我的石南根菸斗，菸柄雖早已斷了，我猶能不時將之摩挲，最難忘的該是他送我的釣竿，不僅我們曾在美國一同釣過魚，重要的是，我們同是「保釣會」的同志，我們一齊唱歌、遊行、落淚。我甚至不願在此覆述他贈我釣竿時所說的令人熱血沸騰而又心酸的話。他不但是一個極佳的詩人，更是一個使人引以爲榮的中國人。

現在，這兩個陌生與深情的詩人朋友都先後去了，寫詩爲悼，實在百無聊賴的啊。

本詩詩題及詩首二句，均引自歐可的詩作〈馬來亞之歌〉。

最後並向《非洲黑人詩選》的中譯者譚石君、鄭仁君（譯〈馬來亞之歌〉）致謝意，因爲他們美好的翻譯，使我得以續一段和兩位詩人的死後緣。

一九八七年五月十九日夜

豆腐湯丸

在早晨一點多鐘
在一個圖書館裡
我忍住了一聲咳嗽
把它吞下去
彷彿一只豆腐湯丸

不曉得媽媽是否仍然活著
不知道她是否依舊咳嗽

在如此寒冷的凌晨時候
公雞叫過頭遍
媽媽便已起身了　她作
她有一雙和豆腐肉丸一樣
白裡泛紅而蒼老的手

如果要咳嗽　她也會忍住
忍得了咳就禁不住手抖
豆腐湯丸就會跌進湯鍋裡
靜夜中聲音傳進臥室來
也傳來爐火的溫暖
我總是瞪著屋頂的黑暗
直到雞叫二遍的時候

一九七一年　愛荷華

輯六

用腳思想

用腳思想

找不到腳　在地上
在天上　找不到頭
我們用頭行走　我們用腳思想
虹　垃圾
是虛無的橋　是紛亂的命題
雲　陷阱
是飄緲的路　是預設的結論

在天上　找不到頭
找不到腳　在地上
我們用頭行走　我們用腳思想。

一九八六年　台北

手腳茫茫

我們的右腳
找不到
我們的左腳

我們的左手
找不到
我們的右手

右腳出發
去尋找
找不到右腳的左腳

左手出發
去尋找
找不到左手的右手

左腳　右腳
右手　左手
在茫茫的空中茫然的探索

尋找心臟

飄浮在空中
我們都是沒有心臟的
肢體

飄浮在空中
我們都是尋找心臟的
肢體

沒有心臟
尋找心臟
肢體在空中飄浮

直到肢體與肢體
繞成一個不分左右只有溫暖的心臟
飄浮在冷冷的空中

人的位置

有人在人中　人在其中　有人在其左　其右有人
有人在其右　其左有人　其人在人中
人在人心中　有臉在其中　有臉在其上　有臉在人中
有人有臉　有臉有眼　有眼有眼　有淚在眼中
有淚在臉上　有人在淚中

卷三

把現在放進過去的過去裡面

輯一

傷心的女子

解凍而去
——贈孔秋泉先生

這初冬的初識
也未免太晚了
漢城的殘雪
飾著你雙鬢的華髮
說　銀杏的金黃
與楓的猩紅的旗幟
曾在你崢嶸的額角
招展（那疾馳而去的是一匹灰色馬）

絢爛的記憶啊
是我們未及一見的
秋

寒冬來到異地的北國
思想冷澈又透明
而語言分外熱切
紹興酒雖不是故園的家釀
卻是你濃濃的江南口音
溫過了的
啊　醉得已近乎融化了
解凍而去　我
將爲你明春的璀燦
引琤琮的流泉

一九七六年十一月廿四日初稿於漢城
十二月廿二日改寫於台北

五彩友誼

紅

獰笑著
你把刀子從我的胸膛
拔出來
順著刀口流
而從刀尖滴落的　那　些　血

眞紅

黃

兩隻驚悸的眼
一個大張的嘴巴
因痙攣而收縮
皺了又平的
本就是很蒼白的
現在又因爲失血過多的
這張臉
一定更黃

藍

謝謝你這同情的一腳
把我踢翻轉來
使我能再看一次
天
又高
又遠
又藍

白

變幻的雲朵
飄遊著的雲朵

你笑時露出的牙齒
還有你突然抽出來立即揮進我身體的刀子
都好白

黑

我的身體彷彿成爲
雲朵了
在上昇（嘆氣的是你嗎？）
我的眼皮卻重得很
口好渴
世界突然變成一片墨黑

一九七八年十一月

薤露

又一次大地將所有色彩還給天空
黃昏眞是多姿
夕照中我仍有不盡的行旅
我的大星星呢，我的黎明呢

大星星是晨雞的打火石
在昏暗中領著我的步履

黎明時薤上的露有淡藍的光
黃昏中的淚怎不是琥珀色的哩

每天都有一個黃昏
卻敵不過每天總有個黎明
太陽出來露就乾了
鞋雖破雙腳仍要向前行
人生有走不完的路
我心中有不滅的長庚

石化工業之歌

在暗夜中
在南北兩地
他們燃起一支支
熊熊的火把

據說石油乃是
古代微生物所化

說什麼浮游性的有孔蟲
不，我寧信其爲蚩龍
（因爲我們都是中國人）

威武的雷龍與劍龍呀
感謝你們的清淚
使我破舊的腳踏車齒輪
得以滑潤
而波音七四七在半句鐘間
不過噴失了你一條腿
馬達原是你們的心臟
霓虹光是具體而微的
同溫層
在你們的喘息中發光

裂解又裂解
合成再合成
將黑夜裂解爲白晝
把憎恨合成爲愛情
苯不笨
醇更純

至於甲
遂取代了那嗜酒詩人的
紅泥火炭　如今
聚乙烯的夢
已經是女孩子們的綠羅裙啦

而最最主要的
乃是我們的乙炔
在把幸福焊接之前
總是燒穿
一切地獄的鐵門

在白日下
我們高高舉起
發熱而又發光的旗

卡特，花生

卡特，花生
平原鎮的吉米．卡特
是一個勤奮的好農夫
別人在沙土中
他卻可以在石頭上
種花生

種花生的吉米・卡特
是一個和善的好農夫
他不但常以笑臉迎人
還微笑著種他的花生

微笑的吉米・卡特
是一個有影響力的好農夫
他臉上有微笑的皺紋
他田裏出產
有皺紋的花生

印堂上有皺紋的吉米・卡特
是一個誠實的好農夫
他在賣花生的時候

會告訴別人
裡面的石頭有幾斤

賣花生的吉米・卡特
是一個有道義感的好農夫
他堅持他們的買主
必須同意
一切的權力屬於花生仁

推銷人權的吉米・卡特
終於找到了他的顧客
買走了他的花生仁
償還他兩倍的花生殼

用花生殼墊床的吉米・卡特
翻來覆去睡不著
走到花生地裡看月亮
說是擔心寧靜海中可能有風暴
皺紋比他還多的老卡特夫人
長長的嘆了一口氣
兒呀
你爲什麼不好好學學你的父親

傷心的女子

包裹著苦澀的毒藥的是甜甜的糖
包裹著甜甜的糖的是花花的紙
包裹著花花的紙的是淚濕了的手帕
握著淚濕了的手帕的是一隻纖纖的手
長有這纖纖的手的是一個傷心的女子

解嚴夜

解嚴夜宿醉未醒
矇矓中聽見鳥鳴
彷彿是一隻斑鳩
河堤邊有片竹林

猛然間回想起異國的鳴禽
校園中邂逅的金髮女子

她眼睛有斑鳩的顏色
胸脯飽滿猶如一隻鴿子

床前不見明月光
枕畔有人愛低吟
水哈水哈輕輕叫
按門待影好大聲

那聲音彷彿是來自小河的對岸
隔著蘆花隔著霧看不見人影

輯二

鹹鴨蛋

站牌

這簡直是抓狂！他們怎麼把公車站牌漆成木瓜色？當我抵達招呼站時我禁不住這樣想。或許衹有在市郊，衹在圓形站牌才這樣。要不，車管處裡面有個詩人。

畢竟，開來又開走的都不是你所等候的，你等待的又老是不來。我衹得把疲憊的身軀倚著站牌瞑目想像一輛空空的彩虹新車之出現。

不知道爲什麼站牌竟越來越矮並且逐漸消失而我的身體也跟著不斷下沉，直到背部都快要觸及地平線時我美麗的女兒才將我扶起，說：爸，太陽已經下山了。

杜鵑

（長一對月亮眼睛的女子把一杯星光傾倒在我丘陵的臉上，我醒來。）

從一條鋪滿車前草的路上，山巖將它的陡峭混和著杜鵑的喊叫一起罩在的我的頭上，我醒來。聽見另一隻杜鵑；歸去！歸去!!歸去!!!歸去？我剛從流鼻涕的童年回來。小河變成街道。祖墳飄著紙幡，招引早已往生的亡靈。我清醒的回去回來又睡夢中歸來歸去。

杜鵑繼續叫喊，變商、變徵；叫聲不斷提高，更高更遠，直到被流浪雲帶走。

一九九三年初稿於香港清水灣
一九九六年完稿於台北五峰山下

地球背面的陽光

電話鈴響了
聲音中有地球背面的陽光
而我們坐在它的陰影中
眺望天蠍座心律不整
獵戶座躡腳步過天宇
在地球的背面無人看見
他三明星的腰帶

電話鈴聲中有草原
一隻蚱蜢被吹送十幾哩
一輛出租車驚嚇巷口的一隻
貓正在覓食正撕裂一袋垃圾
在我住的城市中
有一些泛黃的照片被車輪輾過

在地球的背面有電話
散佈寒冷的陽光
愈來愈低的溫度
把一隻冰涼的手放在
肩上好像轉速逐漸減慢的唱盤
停電後數據化的餘音

遲緩而零亂馬賽克影像
在燈芯結花的燭光照映下
閃灼的眼神
懷疑電話鈴是否曾經眞的響過

一九九五年

雞

星期天，我坐在公園中靜僻的一角一張缺腿的鐵凳上，享用從速食店買來的午餐。啃著啃著，忽然想起我已經好幾十年沒有聽過雞叫了。

我試圖用那些骨骼拼成一隻能夠呼喚太陽的禽鳥。我找不到聲帶。因爲牠們已經無須啼叫。工作就是不斷進食，而牠們生產牠們自己。

在人類製造的日光下
既沒有夢
也沒有黎明

一九九五年

屋簷

這是一次夜間施工。第一擊吊錘開始於路燈照亮，當這些有翅膀的獸類滑入夕陽的餘暉之後。老屋解構。

當蝙蝠再度回來，繞著踞坐在客廳中的怪手飛了幾遍，已不再有所謂的屋簷。其中一隻降落在我逐漸縮短的影子中，太陽慢慢上升，我移動，牠也匍匐。

一九九〇年

叛逃

當我發覺自己眾多的影子竟然無視於我的停步不前各自背著光源悄然潛行之際，我嚇呆了。

我高舉雙手，它們低頭前竄。
我叱喝，它們逕自隱入不同的暗巷。

我驚叫。

一九九五年

雪

我把一頁信紙從反面摺疊，這樣比較白幸好那人不愛兩面都寫。疊了又疊，再斜疊，成一個錐形。再用一把小剪刀來剪，又剪又挖，然後

我老是以爲，雪是這樣造成的：把剪好的信紙展開來，還好，那人的字跡纖細一點也不會透過來，白的，展開，六簇的雪花就攤在臘黃的手掌上。然而

在三千公尺或者更高的空中，一群天使面對下界一個大廣場上肢體的狼籍，手足無措，而氣溫突然降至零度以下，他們的爭辯與嗟嘆逐漸結晶而且紛紛飄墮。

一九九〇年

平交道

警鈴響起，火車來了。抱在手中的女兒強掙著轉過頭去。轟隆的聲響掩蓋了噹噹的警鈴。紅眼睛不斷擠眨。我女兒的目光就這樣被火車帶走了。她甚至不懂得什麼叫做遠方。

我的目光也同時被凍結，因爲這個城市忽然被切割，呼吸、空氣、喧鬧、哭號全被切成兩半直到護欄升起。我對這個城市另一半的鄉愁仍在繼續中。

結石

既不必繞道，更毋須咒罵，也曾想過踞坐在它滿佈根鬚的腹上唱歌。沒有。我說：喂。連自己都聽不見。

颱風過後崩塌的一塊巨石，仰躺在路中讓我看見它千萬年未見天日的另一面。好難得。而我總要走自己的路，就這樣，照往常的步伐，對準它，向前走，直到抵達半山草亭，我才正式出聲說：「你好。」這時，石頭正運行在體內的某處，愈來愈小。

油桐花

長在峭壁上的油桐樹，花朵從離枝到落地費時較久；而向左摺疊的花瓣，墜落時自轉左旋；仰望時，人右轉，天空暈眩。

花朵緩緩下降，時間慢慢旋轉，在每一朵花蒂著地之前，世上已發生了許多事件。單我，便曾咳過幾聲嗽，許過幾次願，並且老了好幾年。

鹹鴨蛋

木紋畢露的原木桌面
鹹鴨蛋　近乎藍
渾無光澤　有點綠
一隻細小褐螞蟻爬行
在深灰橢圓蛋影中

鐵門碰的一聲
人　散步去了

水族館

我被關在熱帶魚缸的旁邊時你在哪裡？你忘記了你的眼睛。你和館員都走了。你的眼睛在水缸裡。你的眼睛在水草間游動。我的眼睛在黑暗中逡巡，你的眼睛在魚缸中的假山後面，我的眼睛走過其中的一道橋。你走了。你的眼睛還在水族館的熱帶魚缸中。我的眼中也有假山水草和小橋。我可以站在小塔上高聲呼喚：你們這些在黑暗中仍能給人以微溫的眼睛，你們那長長黑髮小小鼻孔的主人在哪裡！

在一個被管理員關燈離去後的水族館中的熱帶魚缸旁邊，一個被遺忘的遊客，把自己的眼睛分給魚兒們吃了。

輯三

彩色騷動

捏塑自己

我用兩個手指
對準眼窩的部分按下
這就出現了眼睛　盲眼
沒有眸子就能看見時間

我用拇指和食指
把頭頸弄歪一點
端正的脖子測不準距離

祇有斜傾的頭了解空間
沒有眼球的眼睛審視
流失的分秒　啊　刹那
傾斜的頭顱頻頻測度
無聲的呼喚可達的遙遠

手和腳的影子在樹上揮舞
心臟隨著火焰跳動
泥土水和搗碎的石頭
這回輪到我捏塑自己

悲哀是高溫也除不盡的雜質
火焰在爐窟中有唸不完的咒語

姑姑窟

誰來負責國王
妹妹和她的黏土

誰來負責皇冠
弟弟和他的鵝卵石

誰來負責權杖

老師和他的戒尺

誰來國王心臟
盲人和他的月光
誰來負責王子　迷路的樹枝
誰來負責魔鏡　流浪的雲
誰來負責眼淚　標本簿裡的蝴蝶

轆轤是媽媽　去了市場
爸爸是木柴正在辦公
哥哥　哥哥摩托車拋錨在路上
外婆　外婆在橋上搖呀搖

後記：姑姑窟，四川小孩玩燒飯煮菜之類的遊戲。就是所謂的「家家酒」，有人又稱之爲「姑姑宴」。現在所寫是陶藝玩泥巴啦！就把宴改作窟，實近原音，比較好玩。

松花江石巧雕竹菊硯屏

秋風請繞道
沙塵　滾開
我們來自新愛新覺羅的祖地
我們是永不凋零的花和葉
感謝這無名的匠人之巧手
讓我們佇立於此琴音繚繞的書齋
讓我們細細觀賞文人，畫家在

磨墨時靜靜構思而突然
振筆疾書　潑墨飛毫
一首詩完成而聽他吟詠
一幅山水雲煙隱約
或者一株竹一朵菊如我等
於此共享繚繞的琴音而不論
墨池與畫幅與詩箋都一塵
不染　然則
秋風　請繞道
沙塵　滾開

默雷

——某年某月某日觀陳庭詩畫展並和他筆談

沒有聲音的霹靂把濃郁的黑夜震裂，閃電在早已失卻糖分的蔗板間
奔馳，太陽吶喊，天空驚叫。除了站在中庭的鋼鐵，沒有人聽見。
除了鍊條和生鏽的鎖。而這些金屬的狂草也在吶喊並且歌唱。有誰
聽見。
在冷冷的金屬和溫暖的色彩的注視下，有人正在紙片上進行高分貝
的辯論。大音希聲。

他想，故他不在

——贈楚戈

他把詩人身上的冰雪拂開
他把詩人心中的梅花催開
他就是梅花
是冰雪還是溫暖
一株樹被他溫柔的移植於
畫幅中他輕輕呼喚山的姓名

他使山與山相擁相吻
彷彿情人的擁吻　花開放
一朵花遺忘一群葉片　歌唱
無言的歌將花、葉、男人
女人帶到他記憶中去燃燒
焚燬一排牙齒一叢黑髮
焚化一切而後觀想
(他想，故他不在)
而後遺忘
遺忘詩與女人　遺忘自己
遺忘遺忘

彩色騷動

——繪李錫奇

有一群砲彈從他的童年呼嘯而過
他戰慄的素描為烈酒所熏香
他邁出赤熱的步伐
他緊握一掌絹絲
他推動一支滾筒
他架構一座城市

他擲出六面命運
他推翻一付骨牌
彩色在他的排筆下騷動
月亮也在他線魂的峰巒
吟唱變調的情歌
金漆般閃光的聲音
彷彿烏雲後面的太陽
彷彿暴雨即將來臨前的變幻
而竟是一撇憂、一捺喜
有時枯　有時焦　有時淡
有時濃
彩色在心中騷動

割裂

——繪朱爲白

他用一片鋒利輕柔地割向米色的畫布，有數線金屬的強光反射他的眼中，冷冽和溫婉相遇。空氣急忙讓開。他堅定的割了下去。畫布上的某些纖維終於告別，嗞嗞地說再見，空氣開始跟著捲起來的畫布流動，異地棉花的香氣隨著風飄動，雲絲狀、絮狀、羊群、島嶼次地湧現。

之後是高積層雲或者風暴
空間因割裂而增生

一九九六年初稿
一九九七年修於泰山
一九九八年秋定稿

六祖談畫

——贈夏陽

幾個人站在畫前爭論不休，爲了畫中的背景明朗清晰而畫中人物卻面貌模糊而搖頭嘆息乃至捶胸頓腳「你看他後面老磚上的青苔」「幾乎可以聞出牆腳的尿騷味」「偏偏那個人，在招呼計程車吧？他的手、頭都看不清都有鬼影子」「是模擬照片畫的」「畫中的人在動」「**風動**」「相機動」「**幡動**」「畫家手動」。「**心動**」，分不清究竟誰在說話。畫家聽了一陣獨自走開了。

一九九五年初稿
一九九七年修
一九九八年十一月定稿

胸窗

——洛貞九七年畫展觀後

「貫匈奴，其爲人匈有竅。」
——《山海經》〈海外南經〉

有雲朵從他的胸部穿越而過
在白晝與夜晚之邊陲
有夢從她的胸部穿越而過

有歡笑　有哭聲
有雲朵從她的兩乳之間穿越
在哭泣與歡笑的縫隙
有夢從他的三角肌的下方穿越
帶著微笑的，黏有低泣的，且都是沒有主人的各式
各樣的大夢小夢，從這些純粹的軀體上本是心
肺與肝臟的方位而今卻是一扇扇不規則的窗戶中
緩緩地穿越而過。

下一站是藍天。

夢到畫中去開鎖

——看潘麗紅「九七阻絕系列」展

關在門後面的是什麼，沒有人知道，而且都上了鎖，不同的鎖鎖著不同的門，門的後面鎖著的究竟是什麼。打不開。那是畫中的門畫中的鎖。

畫中的門後究竟鎖著些什麼。串成項鍊的笑聲？指過眼淚的布娃娃？從未拆閱的情書？月光做的果凍？就連畫家本人也想知道。

她每晚作一個夢，到自己不同的畫幅中去開鎖而每次都忘了或者拿錯鑰匙，等到發覺時鬧鐘就響了。門後面鎖著的是什麼永遠沒有人會知道。

飛行魚

——贈畫家馮鍾睿

是不是他在構圖時做了錯誤的決策；他把魚頭朝向畫面中的窗戶。外面或許有一支梯子，誰曉得。

當畫家入睡之際，魚走了，沒有留言。從油彩中，從室外吹來的風所捲起的畫幅上的窗簾旁優游而去。鰭就是翅膀。

後來，那條魚又從水墨的山中折返，那是多年之後。在異邦漁人碼頭正飄著細雨。

後記：馮鍾睿原屬「四海畫會」後又成爲「五月畫會」的一員；早期油畫有超現實味道，他曾贈我一幅有魚的作品，歷經流離，寄存的主人也不知所在，令人頗感愧疚。現在鍾睿移居美西，近來不知還作水墨抽象否？好想念。

輯四

飛行眼淚

蒼鷺

——懷保羅・安格爾

你站在橋上看風景
看風景人在樓上看你

——卞之琳〈斷章〉

一群人的喧囂把湖泊的寧靜撕裂，一隻鳥撲翅又剪斷這無端的擾嚷
並抓住一個東方詩人的視線。掠過湖面。

牠從湖的這一角振翅將一大堆嘰哩哇啦的話語撲散並選啄了一個矮個子的視線，飛往蘆荻更深的一角去咽吞，慢慢發覺這視線的末端還連著另一條較粗的頗爲熟悉的視線，而且上面掛著一句標準的美國中西部英語：「華苓，告訴他中文名字。這叫蒼鷺。」

牠無暇理會這低沉的聲音，知道這是老朋友安格爾，牠正驚訝於一個有趣的數字；兩條視線的年齡加起來竟然超過了一百歲！

一九九〇年初稿
一九九七年訂正

泉

——紀念覃子豪先生

第一眼看見這個汩汩冒湧的清泉之時我腦子裡出現一支竹杓。他們為何不擺一個在旁邊？木杓或者瓜瓢也好，人們可以不彎腰而品嘗詩的清冽。我俯身下去。

當我以雙手掬起一捧泉水之時，詩人正以倒懸的身影看著我。我知道他仍然沒有回到故鄉。甚至根本未曾去過台灣。鄉親們給他一副大理石的身子，祇有二十來歲。清冽的泉水早已從指縫溜走。

我挺起身來，詩人也重新站定。二十歲，那是我認識他時我自己的年歲。我送他去火葬場時他五十一。後來朋友們給他一個銅的頭顱。我再次俯身下去。人的顏面不斷從泉眼中向上冒，而且一臉比一臉年輕，我急忙把他們捧起一張一張不斷澆在自己的臉上：六十，五十五，五十，四十五，四十，三十五，三十，二十五，二十三，二十二，二十一……。

後記：

年前趁返鄉探親之便，前往覃子豪先生的故鄉廣漢拜謁覃子豪紀念館。紀念館設在廣漢市房湖公園內，一棟木結構傳統式房舍坐落在公園的一角。占地不大，環境幽靜。館前有一荷池，左是覃先生的大理石像。右邊，有幾塊疊起來的山石，石縫中冒湧出清冽的地下泉水，誰見了都會想喝它幾口。

石像可能是根據少年時的照片而雕塑，左手支頤，有點像個「思想者」；但兩眼直視，濃眉微蹙，反而給人以「烈士」的印象。唉。

覃先生逝世距今已超過三十年，本來答應要寫一篇談論覃先生詩作的文字，不料文章未寫完，卻完成了這篇作品，作爲紀念，相信比理論性的文字更適合點吧。

一九九六年十月

大句點

——笑悼黃華成

黃華成生於某年某月何處祖籍
廣東從來不說你搞米野畫畫兼
寫作　小說　戲劇　也拍小電影
編劇場用米酒灌鉛字寫「佈景」
作「先知」而不當去「等待果陀」未果
創設獨人畫派而曰大台北解構藝
術非常酷の酷の普普の發現

搞設計弄得外面方裡面圓或者外
面不圓打麻將十二乃至十三張不論
桌子上的便是敵人身旁總有間諜
常常遲到隨身攜帶三四包香菸
老是從老花眼鏡的上緣看人或者
魔鬼然而天使他永遠都不相信

總之他不信天使魔鬼他也不他把彈
頭放在奶瓶裡餵養誰之「人子」誰
的夢或者黎明被他撕裂而又拼貼
還弄得二人法庭相見他又猛打呵欠
現在他不知到了第幾殿自從五月某
日他悄悄的走了應該騎著一匹竹編
的馬雖然不完全像他自己畫的那樣
閻王小子準會請他一旁看坐說老兄

你搞錯了門果陀不在這裡肯定他剛
才沒有喝孟婆湯他記得很清楚繼
續抽菸嗆得胖官咳嗽小鬼告假去小便
不經意他走到望鄉台不小心他看見
一大堆朋友站在他數十年前的照片前
他冷冷的說別流淚不然體重會驟減
說完就像個氣球升起他的大頭撞到天
門孫悟空嚇了一跳趕忙躲在一邊
而我們衹好坐在地上仰首指指點點
說他頭上那個光環是一個很大的句點

後記：黃華成瀟灑的走了，他不許別人爲他發訃聞，也不要花環之類的東西。除了他的親人在殯儀館爲他設一個靈堂之外，朋友們也決定前去瞻仰他三十年前的劇照，一起來吧！

高個子的美學

——懷念亡友梅新

他總是把詩的句子寫得那麼長長得和長江黃河一樣
他總是把工作時間排得很長長得跟長城一樣
他總是把對朋友的叮嚀說得好長長得和自己的嘆息一樣
他也在笑後把憂鬱拖得很長長得像他獨處時的影子一樣
而現在又突然把自己升高高得和月亮星星那樣甚至遠於
他從前常談的星座以致連我們的呼聲都聽不到……

（外太空尋不著你頎長的枝柯
同溫層間你疏落的果實一定白而且冷）（註）

註：這是我舊作〈樹〉中的句子，梅新很喜歡，又梅新身高一八〇以上，在同輩詩友中當然算高個子。

飛行垃圾

風乍起。

先是一張舊報紙，昨天的新聞，今天的歷史，被吹翻，送往馬路的那邊再度被踐踏；而後才是一只塑料袋，淡紅色條紋，近乎透明，騰空而起，擦著台電大樓而上；人們的眼光跟著它昇降搖罷，而後向南，沿新店溪上空飛行，沖散一群鴿子後進入五重溪山區，引起一隻林隼升空偵察，不喜歡袋中人、畜、蟑螂的喧囂嘆怨，急忙避開但仍保持警戒。

垃圾袋繼續往白雞山方向航行，彤雲在西天寫著擘窠大字。

一九九八年地球日初稿
一九九九年七月九日改訂

飛行眼淚

空山不見人。

在濃密的羊齒叢中，電鋸猖狂地咆哮，松鼠在高枝上驚叫，飛鼠展開肉翅，白鼻心的顫抖勝過樹幹的震動，龍爪的枝枒，鳳翅的樹冠都在驚懼中狂舞，都在電鋸的咆哮中傾斜，時間，一百年，三百年、一千年變成木屑在空中飛舞，時間，一千年、兩千年轟然倒下。過去倒下，未來倒下。

被砸碎的小草流淌鮮綠的血。
打著素白的羽傘到遠方去播種哀愁
蒲公英是飛行的眼淚

酢漿草炸彈

逃過秋陽曝曬的一株酢漿草，被一隻粗糙的手從羊齒葉叢陰影下拔起，三顆心臟組成的深綠葉片，淡紫的小花微微黃。要不要嚐嚐秋的味道？酸？一點點。甜？一點點。還是插在有乳香的胸前。緊接著被另個胸壓住，嘴的唼喋，頸項鑲嵌，花與葉被壓平，椎形的漿果為兩人的體溫炙烤而逐漸成熟，就在兩個身體分開的瞬間，漿果爆裂了，不但有我們聽不見的歡呼，還把小小的青白的種籽和淡淡的秋的哀愁一併深深植入這個女人和那個男人的心內。

不和春天說再見

怯步於
鋪滿落花的山徑
想著該和春天
道聲再見
突然　又一陣山風
油桐花不斷
迎面飄來

有一朵
剛好吻著我乾澀的嘴唇
不可說

三段論法的天空

——懷想九二一前的埔里

因爲晒穀場
　和
　磚牆
都是赭紅色
則檳榔的綠樹冠
就必須升高到

白雲的位置
故爾映照在水田中
屋頂下的天空當然是藍的呀

搖搖欲醉的星星

拍拍的尤加利後面是木麻黃
絲絲的木麻黃旁邊是青草地
茵茵的草地過去是高粱田

低垂的高粱想望著酒廠的煙囪
高聳的煙囪遙指著無際的天空
深碧的夜空滿佈著晶亮的星子

閃爍的星被裊裊的酒香醺得搖搖欲墜
而躺在草地上那漢子正吟唱著
醉臥沙場君莫哈哈哈……

二〇〇〇年七月

吃時間的龍

一隻追逐
紅色秒針的
灰色壁虎
在三針相遇的瞬間
用長長的舌頭
捲吞了人類的千禧年
是龍嗎

背著時間等時間

蹲伏在陽台上
靜靜守候時間的貓
根本不知道時間就藏在自己身體裡面
而且表現在牠的兩眼中
（子午卯酉一條線，寅申巳亥如鏡圓
丑未辰戌似棘核……）

牠還以爲剛才從這邊陽台看到那邊陽台的
鴿子便是時間，以爲時間是灰色的翺翔
太陽已落山

把現在放進過去的過去裡面

原來我把手錶放在戰國青瓷燈盞裡又被愛整潔的女兒收撿到魚紋彩陶盆中，直到人們的歡呼聲逐漸沉寂，細弱的鬧鈴音從三角形的魚口中氣泡般冒出來，這已是二〇〇〇年零時三〇分

報歲蘭的冷香從陽台上施施然而來。

輯五

誠實之口

米蘭

——贈旅意大利畫家霍剛

早晨
暖色的歌聲
揭開我的眼簾
畫家開始鋪展
一天的他
多彩的白晝
而我們馳驅
在米蘭的農村間

金黃的麥楷
以圓桶形
蹬坐在田中
沒有人來拾穗

田野在模仿
普魯士藍的陰影
歌是金屬
是銅鑄的
是清澈的小河
是秋天的綠
冷而熱的畫幅
有赭色的
上中音

翡冷翠那一夜

我們走進十六世紀
麥迪遜家族一座大邸
上樓梯的時候
當心被一匹馬踏倒

我們在但丁的樓頂上
躡腳行走　避不談詩

畫家用美聲法打鼾
地獄與天堂在夢中共鳴
詩人以眼睫作畫
荇藻般擠眨
努力潰灑顏料
輾轉穿過日間畫幅

有人躲在最後的晚餐裡
是誰在吟誦神曲

烏菲濟美術館

美術館仍有火災的腳印，有人用眼睛盜取達文西的素描手稿，我們在雕像之間回到十六世紀或者十七世紀，我以爲自己進入某個緊閉的櫥蹬坐著拔除一枚荊刺。我聽到我和那尊雕像同時在喊「痛！」維納斯早已在壁上誕生。

釋放

大衛像裸著他的純然少年
縮瑟的器官
猶如一滴　露珠
有幾尊沒有四肢
沒有頭顱的
　　　　　軀體
肌肉

扭曲
　　緊繃
且在叫喊：
把我們從大理石中
釋放
　　出來吧！
彌蓋朗琪羅！

羅馬之松

在阿皮安大道兩旁
松樹忘記了夜鶯的歌唱
有別墅和墳在老遠的前方

在植滿松樹的大道上
松針瞪視著天空
看不見夜鶯的飛翔

在夜鶯鳴唱的松樹中
亂髮縱橫的松針
把歌聲送到耶尼古倫山上

後記：意大利音樂家雷斯庇基（1879-1936）在一九二五年以「羅馬之松」爲題譜寫交響詩四首：㈠羅馬之松㈡波爾蓋塞別墅㈢墓地㈣耶尼古倫山。所寫各景俱在意大利。

許願泉

從口袋裡摸出一把銅板擠到池邊。噴泉在陽光下閃躍跳，水底的眾多銅板也反射光芒。

我一面拋硬幣，一面發願：願不行走在風化砂岩的斜坡上。願無智亦無得。願不被關在窄小的籠子裡。以無所得故。願不被鞭打和灌水。無掛礙故無有恐怖。願夢中的翅膀不被剪短。願遠離顛倒夢想……

誠實之口

扯謊的天空
說雲是它的衣

扯謊的月亮
說海洋是它的妝鏡

扯謊的鏡子

說它收藏最多的美麗

扯謊的石頭
說鑽戒是永恆的愛情

誠實之口，誠實之口
還我說謊的指頭

峨嵋山的函數

——賀馬悅然中文文集《另一種鄉愁》出版

峨嵋山的函數有許多旋起旋滅的雲霧和山嵐和許多聽得見卻看不到
鳥聲許多嵯峨許多幽深許多忽隱忽現的霞光許多崢嶸險巇和山精和
水怪和許多寺廟洞觀許多吃不吃肉的和尚許多抓不抓泥鰍的沙彌和
許多年年或隔年來朝山的香客許多化或者不化緣的猴居士與乎煉丹
或者不煉丹的道士

峨嵋山的函數包括蘇東坡的詩詞和他的竹子和酒和東坡肉和赤壁賦
和浪淘盡千古多少風流人物唉他的流放和貶謫啊他的朝雲

峨嵋山的函數應該把我的父親算進去他生前曾經年年朝山以等待我
的誕生他曾經悄悄告訴我九老洞的石床躺在上面腳會飄升

峨嵋山的函數除非是個變數我也想參加一份我曾在馬悅然的文章裡
跟著他的句子以我顫抖的雙腳去攀登雲霧中覺得踏到父親的腳印　所
以峨嵋山的函數也得把馬悅然算上他曾在報國寺掛單拜方丈學詩雖
然不是和尚卻喜愛禪他有許多舌頭每一根開不同的花說不一樣的語
言散發不同的溫度解凍了一支冷藏多年的火把

後記：瑞典友人漢學家馬悅然博士，要出版他的中文文集《另一種鄉愁》，要我寫序，一時頗覺爲難；馬博士不僅是漢學家，又是語言學家、方言學家、歷史語音學家，後來又專研四川方言與古代語法，學問淵博，按我們四川話說：他的學問大大很了。他又精通多國語文，所以才將我詩〈冷藏的火把〉分別以瑞典文和英文譯介在歐洲出版。主要的，他覺得自己是四川人，他說四川話，娶四川太太，飲四川酒，如此一來我們便是老鄉了。何況我們又是酒友，雖然現在已經不勝酒力了，尚能握筆，不寫怎行？於是寫了這首詩，除了恭賀《另一種鄉愁》的出版，也權且做爲序吧。

手套與繩子的對話

——讚楚戈鄭瑗娟聯展

手套

沒有指掌充實著的手套
斷臂人的袖子般擺盪著
啊如此空虛的存在
代表寂寞的空手套

等候雲朵來穿戴
是誰聚集了眾多的空虛
眾多的寂寞
使它們不斷的高歌

繩子

曾是遠古人的備忘錄
狩獵的歡呼與收穫
兩隻梅花鹿
一頭野豬打了不同的結
曾經繫過渡河的舟楫
也曾使人失去自由
本來是軟弱的代名詞

有人使它拔地站起來
開放出多彩的鮮花

後記：昨年楚戈與南韓藝術家鄭璟娟女史訪台兩人合開裝置藝術展於史博館以繩與手套對話爲空虛與軟弱化新解創意驚人感佩之餘題詩爲賀。

輯六

天葬台

孔廟

有紅色和黃色的旗子
也有白的　在人民的頭上
招展
有女導遊和男導遊
的揚聲器　碑碣
和亭台之間輪番講史
孔聖人以泥塑之身

以石雕之身　拱手
以彩繪之身　佩劍
以墨印之身　佩劍
以剖石之身　拱手
以版畫之身　沉默
在殿堂中的各個神龕
與供桌以及幽暗角落
一句話都沒有曰：
天何言哉！
古柏扭屈著千年的軀幹
天何言哉

一九九七年八月　山東曲阜

戰壕邊的菜圃

升草地爲眠床
降槍刺爲果樹
——舊作〈逢單日的夜歌〉

在滾動的雲朵間
正在奔逃的星星
比它在靜止時

比在思念友人時更亮
然而在島上
一隻晚歸的渡鴉
和一群砲彈
逆向飛行
樹梢在強風中
指向東南
老天　爲何你哭泣時
要降下鋼鐵的眼淚

而在戰壕旁邊
雞雛啄食著母雞的翅羽
牠的頭已被彈片
種植在空心菜的旁邊

而有一個胸膛是空心的
牠歪斜的頭
正對著一株蘿蔔花
老天　牠們的淚
爲何是紫黑的

老天
爲什麼讓沒身軀的
腿在地上行走
爲何讓雛鳥半夜驚啼
爲什麼讓沒臉的
微笑在空中飄浮
老天　請睜開你

雲層的白內障老眼
看一看人們靜止中顫抖的
手已將淚的鋼片捶打成菜刀
已將嗥哮的鋼塊熔鑄
成犁鋤　用歌唱的節拍
耕種出遍地花果

天葬台

這些禿鷲最後在空中各自飛去，原來牠們本想將被分吃了的喇嘛的靈魂補綴起來，結果發現有些不但被斧頭砍擊得過分破碎且深深的嵌入石縫而成爲石頭的一部分，再怎麼也叼不起來了。

那些靈魂怎麼也拼不起來了，或許已經成爲一頁頁負面的時間，就如那座天葬台本來很堅硬的花崗岩被斧頭被骨骼砸壓得坑坑坷坷而成了一頁負面的空間。

唵嘛呢叭彌吽。

寒食

話說從前　話說戰國

三月三
初春的繁花忽然演為篝火
陌上的天空有如
謀士們的臉

紅了又黑
黑了又紅

鳥驚呼
花驚呼
獸狂奔
葉狂奔
只是沒看見那隱者

一隻遲飛的燕子
自濃煙中射出
突又跌入茵茵的草叢
炙傷的翅翼鼓動著
亦如胼脅的晉王揮舞著

兩隻下臂
呢喃早已化作哀鳴
介推　出來吧
逃亡中我曾吃過你股上的肉
你無言的血仍在我脈管中流動

出來吧　介推
北立的晉王已耐不住
襲來的　燠熱

燭天的火光中夜降臨無人知曉
焚燼後的山林邀來早到的黎明
山谷中有一泓清水
溪流旁有一株老樹

樹下站著一個
　　燒焦了的人
餘煙在紛紛的細雨中
冉冉上升

註：此詩作於民國六十三年，為應許博允之邀所作，樂曲譜成後再由雲門林懷民編舞演出。

傍晚

記憶的風
吹刮著
陳年的屋頂
一張破鐵皮
辟拍著
向天騷動的雲彩
招手

那是昔時
一場秋颱
分割一支思念的
雨傘　男人
女人　各自站在
街的兩旁

而在山城
說話的小溪
從咆哮轉爲輕歌
慢悠悠　有點透明
看得見的呢喃
彷彿她雙眼明靜

憂愁薄如
一張
正待揭起的
一層敷面膏

小島

聽人家說了半夜，我也想像了半夜。

我花了幾十分鐘，乘坐一艘竹筏，越過數千數萬個波浪終於步上你的沙灘。

我以一分鐘繞行你的全境，用百分之一秒的快門攝你入鏡頭（沖洗照片可不是我的事）

我將會用我的一輩子把你忘記。

桂芝去了月亮

——給尉天驄

自從桂芝去了月亮
他就不斷的在夢中
澆花　在畫中　在牆上
一群好奇眼睛
在靜靜的耳語
荷花開在玻離瓶中

畫幅中　池塘裡
各色的香水百合有淡有濃
散放出醉人的芬芳
紫藤繼續攀爬
從畫框中蜿蜒到牆上
唯獨曇花靜靜不語
下決心永遠開放
鋼琴的鍵上
仍留有她的千百萬個指印
仍有繞樑的餘音
響在你的聽道裡
哦　朋友請別再垂頭要繼續書寫
雖然　你的桂芝去了月亮

散讚十竹齋

翎毛

「能停一停嗎，我說時間」——丁文智

想想看　一朵
花從枝幹上落下
一隻鳥　想想看

一對翅膀，如何
在搧動中停住
花瓣的迴旋停住　不再跌落
時間凍結
花看著鳥　鳥看著花

拱花

「須菩提，東方空虛，可思議不？」

突然一朵蓮花
有形　無色
從平平的紙面
冒出

有行雲
絲一般　煙一般
　自如舒卷
有流水
推動波紋
與時間蕩漾

忽然一隻白鶴
自白白平平紙上
飛翔在無色的雲中

「舍利子，色不異空，空不異色……」

竹譜（之一）

月光冷冷地把一叢竹子的影子照印在窗上
一個女詩人把它們寫在絹帛上；竹子的生命便被自己的影子取代了。竹子變成詞語，分解成「人」字「个」字。重新組合爲「人」，「个人」微風來的時候，竹子本身搖動竹畫則不動。我睜睜地端視著它們，直到患有帕金森氏症的手自己搖擺起來。

竹譜（之二）

人類把文字雋刻在竹片之前，深怕竹會拒絕，
總是先用刀刮去竹的表皮，謂之「殺青」。
天啦，那是我的皮膚哩。

竹譜（之三）

人們在敲破我的硬骨之後，又將竹泡軟，搗爛之後用竹做一個竹簾將我撈起來晾乾之後，成爲一張張紙之後，又用竹支做成的筆畫出一幅幅的墨竹。之後，明朝有個藝術畫在竹紙上之後再將一株兩株三株四株五六七株八九十株，破開分成好多「个人」刻在木板上之後用竹做的紙刷上濃淡不同的色相，印成有風、有雨、有月、有雪、有魂、有魄的竹而且不斷生兒育女延綿至數百年。從竹子到竹畫、竹紙不斷循環。前生今世。

石譜

打開冊頁
看見石頭
醜的石頭有洞穴
是用時間所雕造
將視線穿過洞穴
去看時，石頭愈來愈美
石頭有口但是不說話
用沉默面對世界

後記：

在我的蒐藏中，我最愛《十竹齋書畫譜》，它們使我回到快樂的童年。在一九八八年回家探親時問我的弟弟：「那些印書的本版還在麼？」「燒掉了，文革的時期。」

十一、二歲的時候，父親教我印「百家姓」，一反通常的那種嚴苛；膠多少，水多少，松煙多少，諄諄善誘。版怎麼擺，紙如何卡，我都一一依他老人家的吩咐。但我心裡藏著別的快樂；我又要印八仙了。

和書版一樣，「八仙」和「灶神」等畫版都是父親從府城的書鋪子用極少的代價買了，自己挑回來的。八十多華里山路，很吃力。像灶神、觀音等經印出來賣得很廉。八仙則是我在那堆舊版中找出來的。如果印好一副李鐵拐可向同學換一隻蟋蟀帶竹籠，很好玩。

然而，那些木版都燒毀了，很悵然。

後來遇見《十竹齋書畫譜》，發展了我另一項娛樂。研究、考證，雖然不曾進過學院，但也有不少心得。

《十竹齋書畫譜》是安徽省休寧人胡正言所刻印。

胡正言，字曰從（1584-1674）。由安徽遷到金陵，先以刻印醫書為業，而後製墨，刻印詩箋等。從萬曆晚期（1619）開始研創「餖版」套色刻印書畫譜，陸續刻印了八種書畫譜冊。

由於不是策畫性質，隨刻隨售，隨興而做，所用名稱也不一樣，名稱不同風格卻統一。

「餖版」是一種新發明的印刷技巧，就是先依色分稿，每色一版，複雜的畫幅，有時需要幾十個版硯；濃淡深淺，漸層都很分明。書法部分也刻得很精準，完全把書者的風格表現無遺，所以稱它爲「畫譜」是不夠的，必須稱《十竹齋書畫譜》。其實依胡正言創作的本意，本不在教學，而著重在欣賞。

胡正言從萬曆四十七年（1619）開始刻印，平均每二年就出一本，直到崇禎癸酉（1633）爲止，一共出了八本；包括《書畫冊》、《竹譜》、《墨萃》、《石譜》、《翎毛》、《梅譜》及《蘭譜》等，從此集結爲一整套，繼續印行，不再刊刻。

關於《十竹齋書畫譜》的版本問題，使中外的研究學者備感困惑。問題出在大家都以傳統分類法來看《十竹齋書畫譜》；又把題署的紀年視爲「成書」之年；盲目地追原刊本，忘記了這是一種創造。又忽略了「十竹齋」是個書鋪，是商業行爲，怎麼可能書印好了擺在庫房不銷售；所以，初印本都在當時就出售了。除非有那一個人在每冊出書時都買，直到八冊集結爲套；可能會有這種有心人，但難逢。

胡正言後來又刻印了《箋譜》，運用了「拱花」法，用凸版壓印出無色或有色的花紋來，也是風靡一時。

胡正言也精篆刻，不但曾爲史可法、董其昌等人刻過私章，也爲南京朝弘光帝創造玉璽，爲此還被封爲「中書舍人」，而此時崇禎皇帝已經在煤山上吊了。

水墨人物三題

之一　寂靜

街燈依然亮著
陋巷裡
寂靜發出震耳的雷鳴
有人在巷尾

撿到時間的碎片

之二　鄉愁

在海的那邊
的那邊
故鄉
祇是一個
傳說

之三　賽跑

和自己的影子
賽跑的人

贏得的
是曾經叛逃的
影子

暗夜

開刀的第一個晚上　覺得是幻象是亂象　是一種痛　一種敲碎貼在
心上的痛。
看見陰暗中灰色的草在閃亮的霹靂中擺動　灰暗中我看見一個裸體
的人　繞圈子　很茫然　很痛苦　痛苦從腳上昇　我發現那個人
是我　是我的影子。
可以從地板把人影撈起　從昏厥中醒來　我甚至感覺他們的存在。
我努力撿回奔跑的影子　他們分行且軟弱。
忽然我的影子悄悄地鑽進冰冷的螺旋體　我覺得我開始有了溫暖。

黑暗中我覺得一朵花緩緩墜落在螺旋體　我的四肢充滿了淫亂的感覺　我試著碰觸　滿足亂花的飛心。我碰觸到了她們　用手磨擦她們　然後將她們用力吐出　有聲音像膽汁分裂　開始失去知覺　暈眩之際　有亂花墜落。我大聲吼叫沒人應答　發現我的吼叫無回音　像影子一般陰森。終於接觸到人影　旋轉如一朵死亡之花。我開始咀嚼（除了胃酸什麼也沒有的口腔）上下顎不斷咬合　支解分解　單字　簡化　白骷顱張著大嘴　在黑夜裡吟唱。我開始聞到香味　是大麻的香味兒。暈眩　溫柔的黑暗　我不要大麻的菸味　我不要。我不要濃煙轉動　上昇。我以爲我站起來了　半口菸以45度角傾斜　半倒的煙型裡有女子在床邊哭泣。我呆坐在時間的路旁　隱約聽見遠處有人喃喃默唸心經。

附錄

何謂散文詩？

怎麼說都不可能爲一個文類定義，不是難，而是不應。因爲什麼事一下定義，就定死了。也許就個人的創作經驗與認知說個人的觀感較好。

就我的看法，散文在中國雖是一個大「文類」，實際上我通常都把它視爲一種「文體」，是相對「韻文」而言的。韻文押韻，且有格律。從前的人，不但寫詩用韻文，寫歷史，乃至醫學都用韻文，以致出現了韻文的過度泛濫，甚而發生文類混淆，誤認韻文即詩的現象。

近現代以來，人們開始使用散文寫歷史、小說、戲劇。自由詩於焉出線，我則用散文來寫詩。我要求的是本質的詩的充盈。用散文來寫詩，別人怎麼叫與我無關。

一九九五年十月六日《中國時報》人間副刊

對鏡

終於嚴正的面對鏡子了。自畫像。

雖然每天盥洗時都會站在鏡前，卻很少認眞的觀看鏡中那位仁兄。幾乎有失禮。即使近年來偶爾刮鬍子，我也只看見那幾根短毛。頭髮，我都用手代替梳子；就如《用腳思想》封面上那副德性：從眼睛裡長出手再去搔首而不弄姿。那副尊容並非目視下的結果，乃是「觀想」的成績。

總之，我的髮亂，現在更稀了。眉，依舊是沒有身軀只有翅膀的鳥。眼，魚尾猛擺。耳，有點背，好壞都聽不進。嘴，很少唱；酒瓶離我愈來愈遠。鼻子，有點塌，純中國造型，猶能辨識香與臭，沒有人看得出它也七十過了。

二〇〇〇年十一月十六日《聯合報》副刊

相關評論索引

學術論文

瘂　弦：〈他的詩．他的人．他的時代——論商禽《夢或者黎明》〉，《台灣文學經典研討會論文集》，台北：聯經，一九九九年六月。

陳祖君：〈商禽論〉，《廣西師院學報．哲學社會科學版》第二十卷第三期，一九九九年九月。

劉正忠：《軍旅詩人的異端性格——以五、六十年代的洛夫、商禽、瘂弦為主》，國立台灣大學中國文學研究所博士班論文，二〇〇〇年。

商瑜容：《商禽詩藝的實踐之道》，中國立中山大學國語文學系研究所碩士班論文，二〇〇二年。

余欣娟：《一九六〇帶台灣超現實詩——以洛夫、瘂弦、商禽爲主》，東海大學中國文學系碩士班論文，二〇〇二年。

蕭水順：〈超現實主義的穿透性美學——商禽論〉，《台灣前行代詩家論——第六屆現代詩學研討會論文集》，台北：萬卷樓，二〇〇三年十一月。

翁文嫻：〈商禽——包裹奇思的現實性分量〉，台灣當代十大詩人研討會，二〇〇五年十一月五日。

林佑蘋：《吟詠商音之禽鳥——商禽詩研究》，高雄師範大學回流中文碩士班論文，二〇〇六年。

期刊文章

瘂　弦：〈閃爍的星群——介紹商禽等二十位軍中詩人〉，《新文藝月刊》，一九六五年。

辛　鬱：〈商禽的詩及其爲人〉，《自由青年》第三十九卷第九期，一九六六年一月。

柳文哲：〈笠下影——商禽〉，《笠》第三五期，一九七〇年二月。

周伯乃：〈淺談商禽的詩〉，《自由青年》四十四卷第六期，一九七〇年十二月。

林煥彰：〈無辜的手：談商禽的詩「火雞」和「鴿子」〉，《台塑月刊》，一九七一年八月。
陳鴻森：〈變調之鳥：商禽詩集「夢或者黎明」〉，《笠》第五一期，一九七二年十月。
楊　牧：〈詩話商禽〉，《中外文學》第二卷第六期，一九七三年十一月。
張漢良：〈論詩中夢的結構——引〈逃亡的天空〉爲例〉，《創世紀》第四十期，一九七五年四月。
羅　青：〈論商禽的「鴿子」〉，《書評書目》第二五期，一九七五年五月。
張漢良：〈從戲劇的詩到詩的戲劇——引〈門或者天空〉爲例〉，《創世紀》第四二期，一九七五年十二月。
胡錦媛：〈誰來鑑照淚珠？讀商禽的詩集「夢或者黎明」有感〉，《書評書目》第三四期，一九七六年二月。
陳啓佑：〈新詩形式設計的美學基礎——引〈逃亡的天空〉爲例〉，《中華文藝》第六八期，一九七六年十月。
陳啓佑：〈商禽的悼亡詩〉，《創世紀》第五十期，一九七七年五月。
牧　子：〈商禽的詩拾零〉，《詩脈》第六期，一九七七年十月。
呂正惠：商禽的〈鴿子〉賞析，《藍星》新十一期，一九八〇年四月。
季　紅：〈析論商禽的「無言的衣裳」〉，《現代詩》復刊第三期，一九八三年三月。

袁則難：〈碧梧棲老鳳凰：夜會商禽〉，《新書月刊》第九期，一九八四年六月。

徐望雲：〈詩的動作與表現——引〈天河的斜度〉爲例〉，《創世紀》第六五期，一九八四年十月。

辛　鬱：〈商禽的「夢或者黎明」〉，《文訊》第十八期，一九八五年六月。

陳敏思：〈商禽詩中死亡意象的分析〉，《現代詩》復刊第十期，一九八七年五月。

向　明：〈巧思、眞趣：評商禽《用腳思想》〉，《聯合文學》第五二期，一九八九年二月。

許悔之：〈人的壓力：讀商禽「用腳思想」〉，《文訊》第五四期，一九九〇年四月。

劉登翰：〈商禽論〉，《創世紀》第八四期，一九九一年七月。

杜榮根：〈試論早期「創世紀」的詩〉，《創世紀》第八九期，一九九二年七月。

王小琳：〈商禽的〈無言的衣裳〉〉，《創世紀》第九三期，一九九三年四月。

鄭友貴：〈功成名就流浪中——記台灣詩人商禽的坎坷人生〉，《華人時刊》，一九九四年第五期。

章亞昕：〈商禽：面對「空間」的超越者〉，《詩世界》第二期，一九九六年八月。

張　默：〈我吻過你峽中之長髮〉，《聯合文學》第一四二期，一九九六年八月。

歐陽江河：〈命名的分裂——讀商禽的散文詩〈雞〉〉，《今天》總第三四期，一九九六年秋季號。

湯芝萱：〈商禽以無為而治的態度教養女兒〉，《文訊》第一三二期，一九九六年十月。

黃　粱：〈雪〉，《國文天地》第一三九期，一九九六年十二月。

林麗如：〈以平靜的心情面對波折的一生——專訪詩人商禽〉，《文訊》第一五五期，一九九八年九月。

陶保璽：〈濁世中以腳思想者的荒涼顫叫——解析商禽詩作並談閱讀及欣賞〉，《創世紀》第一二一期，一九九九年十二月。

唐　捐：〈帶商禽去當兵——向阿米巴弟弟推介《夢或者黎明及其他》〉，《文訊》第一七七期，二〇〇〇年七月。

吳桃源：〈推開一扇架空的門——商禽與現代詩〉，《管理雜誌》第三一八期，二〇〇〇年十二月。

李翠瑛：〈五官的遐想——談商禽的五官素描一詩〉，《翰林文苑天地》第七期，二〇〇一年十月。

吳　當：〈在散文與詩中漫步——讀《商禽世紀詩選》〉，《明道文藝》第三一〇期，二〇〇二年一月。

向　明：〈三聲咳嗽〉，《新大陸》第七十八期，二〇〇三年十月。

商瑜容：〈商禽詩作的意象表現〉，《台灣詩學》二號，二〇〇三年十一月。

郭　楓：〈論商禽——迷歌的詩和變調的藝〉，《鹽分地帶文學》第七期，二〇〇六年十二月。

張　默：〈從咆哮轉爲輕歌——詩人的一天商禽小輯〉，《創世紀》第一五四期，二〇〇八年三月。

報章評論

張　默：〈試釋商禽的詩〉，《青年戰士報》第三版，一九六六年一月三日。

黃一容：〈塑造時間的手——試論〈夢或者黎明〉〉，《民聲日報》副刊，一九七六年二月二十八日。

辛　鬱：〈商禽的「咳嗽」〉，《青年戰士報》第八版，一九七六年三月二十二日。

水　晶：〈馬蹄聲與玫瑰——談商禽、鄭愁予的詩〉，《聯合報》副刊，一九七七年一月二十六日。

張　默：〈商禽的〈眉〉〉，《商工日報》春秋副刊，一九八四年五月二十日。

侯吉諒：〈海拔以上的情感——訪商禽〉，《中國時報》人間副刊，一九八六年六月十一日。
張國立：〈超現實主義詩人：商禽〉，《中華日報》第一一版，一九八七年。
葉振富：〈詩的三種聲音〉，《中國時報》第一八版，一九八八年。
黃維樑：〈用腳思想——談商禽詩〉，《星馬日報》，一九八八年十一月二十六日。
張　默：〈閒話歪公〉，《中央報》副刊，一九九一年六月十六日。
張　默：〈親愛的，上弦下弦於我都是一樣——戲贈商禽〉，《中國時報》人間副刊，一九九二年七月十三日。
古蒼梧：〈哀怨的鳥——法譯商禽詩集〉，《香港信報》，一九九三年一月十七日。
秀　陶：〈談商禽詩的英譯本——THE FROEZN TORCH〉，《中央日報》副刊，一九九三年十一月二十四日。
魚　川：〈魚川讀詩——談商禽的詩〈站牌〉〉，《中央日報》副刊，一九九四年十一月三日。
李金蓮：〈商禽五〇年代友誼牽成詩集〉，《中國時報》第三九版，一九九六年三月二十八日。
李瑞騰：〈編結你的髮辮是多麼困難啊〉，《中國時報》第三七版，一九九八年十月十日。

林麗如：〈台灣文學經典名家特寫——商禽〉，《聯合報》第三七版，一九九九年二月二十五日。

向　明：〈魯迅與商禽〉，《勁報》副刊，二〇〇〇年一月十三日。

楊顯榮：〈天荒地老有情天——評商禽〈無言的衣裳〉〉，《國語日報》第五版，二〇〇〇年九月三日。

向　明：〈以詩爲本的台灣散文詩〉，《自由時報》第三九版，二〇〇〇年十二月三日。

焦　桐：〈叛逆的美學路徑——商禽《商禽：世紀詩選》〉，《中央日報》第二一版，二〇〇一年月十五日。

書籍專文

瘂　弦：〈商禽小評〉，《六十年代詩選》，台北：大業，一九六一年一月。

李英豪：〈變調的鳥：論商禽的詩〉，《批評的視覺》，台北：文星，一九六六年一月。

瘂　弦：〈透明的變奏——商禽小評〉，《七十年代詩選》，台北：大業，一九六七年九月。

張　默：〈商禽及其「逢單日的夜歌」〉，《現代詩的投影》，台北：商務印書館，一九六七年十月。

林亨泰：〈攸里西斯的弓〉，《現代詩的基本精神》，台北：笠詩社，一九六八年一月。

辛　鬱：〈剖析商禽詩作「鴿子」〉，《中國現代詩論選》，台北：大業，一九六九年三月。

瘂　弦：〈給超現實主義者——紀念與商禽在一起的日子〉，《深淵》，台北：晨鐘，一九七〇年十月。

辛　鬱：〈初論商禽的詩〉，《月之芒》，台北：環宇，一九七一年二月。

葉維廉：〈中國現代詩的語言問題——引〈逃亡的天空〉為例〉，《秩序的生長》，台北：志文，一九七一年六月。

洛　夫：〈中國文學現代文學大系詩序——引商禽的〈曉〉為例〉，《中國現代文學大系》詩卷，台北：巨人，一九七二年一月。

楊昌年：〈商禽的〈鴿子〉〉，《新詩品賞》，台北：牧童，一九七八年九月。

蕭　蕭：〈商禽的〈五官素描〉〉，《現代詩導讀》（一），台北：故鄉，一九七九年十一月。

張漢良：〈商禽的〈遙遠的催眠〉、〈長頸鹿〉〉，《現代詩導讀》（一），台北：故鄉，一九七九年十一月。

蕭　蕭：〈鬼才商禽〉，《中學白話詩選》，台北：故鄉，一九八〇年四月。

辛　鬱：〈淺論商禽的詩〉，《辛鬱自選集》，台北：黎明文化，一九八〇年六月。

呂正惠：〈商禽〉，《中國新詩賞析》（三），台北：長安，一九八一年四月。

張　默：〈談現代詩的節奏——引〈匹茨堡〉爲例〉，《無塵的鏡子》，台北：東大，一九八一年九月。

蕭　蕭：〈人物篇——商禽〉，《現代詩入門》，台北：故鄉，一九八二年二月。

蕭　蕭：〈生活類——夜歸三章〉，《現代詩入門》，台北：故鄉，一九八二年二月。

流沙河：〈抗議的雞——附詩六首〉，《臺灣詩人十二家》，重慶：重慶，一九八三年八月。

紀璧華：〈〈遙遠的催眠〉、〈長頸鹿〉、〈燈下〉賞析〉，《臺灣抒情詩賞析》，香港：南粵，一九八三年九月。

陳啓佑：〈長頸鹿的歲月〉，《渡也論新詩》，台北：黎明文化，一九八三年九月。

張　健：〈自由中國中期詩人——商禽〉，《中國現代詩》，台北：五南，一九八四年一月。

蕭　蕭：〈意象是詩的第一個面貌——引〈嘴〉、〈眼〉二詩爲例〉，《現代詩學》，台北：東大，一九八七年四月。

白少帆等主編：〈超現實主義詩人商禽〉，《現代臺灣文學史》，遼寧：遼寧大學，一九八七年十二月。

莫文征、辛鬱：〈長頸鹿〉、〈咳嗽〉賞析，《中國新詩鑑賞辭典》，江蘇：文藝，一九八八年十二月。

古遠清：〈〈長頸鹿〉、〈鴿子〉賞析〉，《臺港朦朧詩賞析》，廣州：花城，一九八九年四月。

古繼堂：〈關於商禽〉，《臺灣新詩發展史》，北京：人民文學，一九八九年九月。

蓉　子：〈商禽的〈眉〉〉，《青少年詩國之旅》，台北：業強，一九九〇年十月。

莫文征：〈〈長頸鹿〉賞析〉，《中國新詩名篇鑑賞辭典》，四川：辭書，一九九〇年十二月。

蕭　蕭：〈詩人與詩風——介紹商禽等多家的詩風〉，《現代詩縱橫觀》，台北：文史哲，一九九一年六月。

古遠清：〈商禽的長頸鹿〉，《詩歌分類學》，高雄：高雄復文圖書，一九九一年九月。

古遠清：〈〈無言的衣裳〉、〈逃亡的天空〉、〈遙遠的催眠〉賞析〉，《海峽兩岸朦朧詩品賞》，武漢：長江文藝，一九九一年十一月。

莫文征、於江慈、珍爾、宇珍、辛鬱：〈長頸鹿〉、〈逃亡的天空〉、〈躍場〉、〈月亮和老鄉〉、〈咳嗽〉、〈無言的衣裳〉、〈鴿子〉賞析，

《臺灣新詩鑑賞辭典》，山西：北岳文藝，一九九一年十二月。

白　靈：〈意象的虛實——引商禽的〈眉〉爲例〉，《一首詩的誕生》，台北：九歌，一九九一年十二月。

陳輝揚：〈情如水映月千江——讀商禽詩集《用腳思想》隨想〉，《夢影錄》，香港：三聯，一九九二年一月。

古遠清：〈長頸鹿〉賞析，《散文詩世界》第七輯，四川：散文詩學會，一九九二年三月。

陳義芝：〈選注商禽的詩——〈長頸鹿〉等三首〉，《不盡長江滾滾來》，台北：幼獅文化，一九九三年六月。

司徒傑：〈涉禽〉、〈樹〉、〈燈下〉賞析，《臺港抒情短詩精品鑑賞》，河南：人民，一九九三年七月。

莫　渝：〈超時空的斷簡——商禽小論〉，《閱讀台灣散文詩》，苗栗：苗栗縣立文化中心，一九九七年十二月。

魚　川：〈商禽的〈站牌〉〉，《魚川讀詩》，台北：三民，一九九八年一月。

奚　密：〈「變調」與「全視」：商禽的世界〉，《商禽．世紀詩選》，台北：爾雅，二〇〇〇年九月。

焦桐等：〈散讚十竹齋〉賞析，《2007臺灣詩選》，台北：二魚，二〇〇八年三月。

商禽寫作年表

一九三〇年　（民國十九年三月）出生於四川省珙縣。

一九三六年　入本鄉中心小學、同時讀私塾。

一九四二～四三年　入本鄉私立眞福中學。

一九四五年　隨返鄉探親之兄長逸仙從軍。於成都一祠堂內第一次接觸新文學。九月，日本投降。

一九四六年　隨部調廣東、湖南一帶服務。

一九四八年　與原部隊脫離，在被拉伕與脫逃中流浪於西南諸省。蒐集民謠並開始試作新詩。

一九五〇年　隨陸軍部隊自雲南經海南來台。

一九五三年　以羅馬爲筆名在《現代詩》發表詩作。

一九五六年 參加紀弦組織的「現代派」。

一九五七年 以壬癸筆名發表詩作。

一九六〇年 以商禽筆名發表詩作。詩作〈長頸鹿〉投寄覃子豪主編之《藍星季刊》被退回，此爲有生第一次遭遇退稿。

一九六一年 一月，詩作〈躍場〉到〈滅火機〉等十二首，選入《六十年代詩選》，瘂弦、張默編，高雄大業書店刊行。

一九六二年 〈長頸鹿〉經胡品清教授法譯首刊於比利時《詩人報》（*Le Jourhal des Poétes*）並在法國國家廣播電台朗誦播出。該詩又收入胡譯法文本《中國現代詩選》同年在巴黎出版。

一九六四年 九月，詩作〈天河的斜度〉等三首，由葉維廉英譯，首次於美國《*TRACE*》文學雜誌第五十四期「中國現代詩特輯」，計有瘂弦到羅英等十七家的詩廿九首。

一九六六年 一月，李英豪由台北文星書店刊行的《批評的視覺》詩論集，內收〈變調的鳥——論商禽的詩〉等多篇討論台灣現代詩的文章。

四月，商禽於《創世紀》詩刊第廿四期，發表〈詩之演出〉短論，這也是他首次的談詩文章。後收入由洛夫主編《中國現代詩論選》（大業書店，一九六九年三月刊行）一書中。

一九六七年　與羅英結婚。

一九六八年　退伍，時爲陸軍上士一級。四月，長女珊珊在高雄出生。任台中普天出版社編輯後又辭去。在高雄碼頭作看船倉工人。跑單幫。

一九六九年　六月，詩作〈溫暖的黑暗〉，入選《幼獅文藝》月刊第一八六期「詩專號」，瘂弦主編。

九月，應美國艾荷華大學國際作家創作專案（International Writing Program）之邀請，以作家身分進駐該校，期滿時曾獲贈該校榮譽作家（Honorary Fellow in Writing）。

一九七〇年　十月，《夢或者黎明》詩集，由十月出版社刊行。

獲福特基金會之獎助，繼續留美一年，曾先後在美中西部重要基金會、圖書館、博物館、大專院校等處朗誦詩作。

詩作〈樹中之樹〉到〈門或者天空〉等十七首，入選葉維廉英譯《中國現代詩選》（*Modern Chinese Poetry: Twenty Poets from the Republic of China, 1955-1965*）。美國艾荷華大學出版部刊行。

一九七一年　十月由美經首爾返國。

一九七二年　三月，任某國中書記，後因參加《中國文化月刊》編務辭去書記職，至翌年該月刊社解散。

一九七三年　三月，詩作〈月亮和老鄉〉選入《現代文學》第四十六期「現代詩廿年回顧專號」，葉珊（楊牧）主選。

應藍星詩社詩人吳望堯之邀，擔任第一、二屆「中國現代詩獎」評審委員。

一九七四年　應雲門舞集之邀寫〈寒食〉，由許博允譜曲、林懷民編舞演出。

六月，詩作〈五官素描〉（組詩）選入《中外文學》第廿五期「詩專號」，余光中、楊牧主選。

一九七五年　九月，於永和賣牛肉麵。

一九七六年　三月，詩作〈滅火器〉三首選入《中國現代詩選》韓文本，許世旭譯，首爾乙酉文化社刊行。

四月，詩作〈長頸鹿〉到〈匹茨堡〉等七首，選入《中國現代文學選集》，由齊邦媛、余光中等任編輯委員，書評書目出版社刊行中文本。

十一月，隨中國現代詩人訪韓國，與羊令野、洛夫、辛鬱、楚戈等十人赴首爾訪問，並赴板門店三十八度線，瞭望北韓之禁地，十二月五日經東京返台北。

一九七七年　五月，應中華文化復興運動委員會之聘，至該會任職。

一九七八年　七月，詩作〈火雞〉到〈逢單日的夜歌〉等十七首，選入《中國當代十大詩人選集》，張漢良、張默編，源成文化供應社刊行。

一九七九年　六月，詩人節，應《聯合》副刊之邀，與老中青三代詩友廿餘人赴溪頭遊覽，並參加該報主辦的「中國詩人的道路」座談會。
十一月，詩作〈遙遠的催眠〉、〈長頸鹿〉、〈五官素描〉，由張漢良、蕭蕭分別作精要之詮釋，選入《現代詩導讀》第一冊，故鄉出版社刊行。

一九八〇年　經老友畫家李錫奇之引介，到《時報周刊》任職。

一九八一年　一月三日，在美國生化界打天下的女詩人林泠返台探親，本日下午假台北陸羽茶藝，與漳州街六君子，包括葉泥、羅行、羊令野、商禽、辛鬱、瘂弦等茶敘。

一九八四年　十二月，應邀參加台北新象藝術中心主辦的「中、義視覺詩聯展」。並當場集體創作〈黃河之水天上來〉的長卷畫作。

一九八六年　六月，應邀參加環亞藝術中心主辦的「視覺詩十人展」。
七月，詩作〈滅火器〉，選入《台灣詩集——世界現代詩文庫》，北影一主譯，日本東京土曜美術社刊行。

一九八八年　九月，《用腳思想》詩集，由漢光文化公司刊行。

九月，《夢或者黎明及其他》詩集，由書林書店刊行。

九月中旬，商禽單獨飛到北京，與台北洛夫等六詩友會合，當晚參加在「全聚德」由詩人犁青作東的晚宴，與大陸老詩人艾青、馮至、卞之琳、晏明等相聚，並贈送剛出版的《用腳思想》詩集。

一九九〇年

十二月，詩作〈長頸鹿〉，選入《中國新詩名篇鑑賞辭典》，唐湜主選，四川辭書出版社刊行。

一九九二年

五月，商禽詩集《冷藏的火把》瑞典文本、英文本，均係馬悅然譯，分別出版。又法文本書名《哀傷的鳥》，由艾梅里教授譯，也同時出版。

八月，自《時報周刊》副總編輯崗位上退休。

十月二日，由洛夫發起的「詩的星期五」第三場，由商禽、梅新聯手擔綱演出，本晚假「誠品書店」世貿店舉行。人潮依然爆滿。

一九九三年

八月，《現代詩》季刊四十周年，商禽與林亨泰、阿翁討論紀弦、黃荷生的詩，與現場愛詩人對話。

九月，獨自到成都旅行，曾去廣漢市憑弔前輩詩人覃子豪紀念館。

一九九五年 九月十六日，應邀參加「抗戰勝利五十周年詩朗誦會」，假台中精明一街社區舉行，各人自誦詩作助興。

九月，詩作〈無言的衣裳〉等五首，選入《新詩三百首》，張默、蕭蕭編，九歌出版社刊行。

一九九六年 八月，張默以〈我吻過你峽中之長髮〉長文，介紹商禽的詩生活點滴，刊於《聯合文學》第一四二期。後收入《夢從樺樹上跌下來——詩壇鉤沉筆記》，一九九八年六月爾雅出版社刊行。

一九九七年 十二月，大陸中生代詩評家陳仲義，分別以〈幻化：超現實的強大變異〉及〈意識流：閃回式自由聯想〉兩節論評，引述商禽詩作多首，加以清晰深入的解說，該文收入陳著《台灣詩歌藝術六十種》，灕江出版社，一九九七年刊行。

一九九八年 六月，應台北義德堂之邀，參加爲古傢俱配詩行動，另有周夢蝶、管管、大荒、向明、辛鬱、碧果、尹玲等老友參與，每家配詩一、二首。

九月，《文訊》月刊第一五五期，林麗如專訪商禽，以〈變調的鳥〉，來述說他的創作觀與對人生的體悟。

一九九九年 二月，商禽詩集《夢或者黎明》，被選入由聯合副刊與文建會合辦的「台灣文學經典」書目三十種。其中詩集共有七種入圍，另六家是鄭愁予、瘂弦、余光中、周夢蝶、洛夫、楊牧的詩集。

十二月，大陸詩評家陶保璽，以〈濁世中以腳思想者的蒼涼戰叫〉為題，十分詳確評論商禽的詩，初刊《創世紀》第一二一期，後收入陶著《台灣新詩十家論》，二魚文化，二〇〇三年八月刊行。

二〇〇〇年

一月，詩作〈長頸鹿〉選入《新詩三百首》第二冊，牛漢、謝冕主編，北京中國青年出版社刊行。

九月，《商禽世紀詩選》，由爾雅出版社刊行。卷前收奚密長序〈「變調」與「全視」：商禽的世界〉，對其滿溢超現實的語言意象，有特別另類的觀悟。

二〇〇一年

三月，商禽自畫像（彩色），刊於《創世紀》第一二六期的封面，非常醒目而有藝術效果。接著瘂弦、碧果、管管、辛鬱的自畫像才陸續登場。

八月，詩作〈螞蟻巢〉到〈平交道〉等十六首，選入《二十世紀台灣詩選》，馬悅然、奚密、向陽編，台北麥田中文版。而英文本、大陸簡體字本，則分別在美國、大陸刊行。

二〇〇二年

一月，應邀參加《紀弦回憶錄》三大冊假台北大安森林公園音樂台舉行的首發式，本書由聯合文學刊行。

六月，應邀參加第三十三屆鹿特丹國際詩歌節，並於《創世紀》第一三三期撰文追述會議的歷程。

九月，日本《藍BLUE》文學雜誌第七、八期合刊，策劃出刊「台灣創世紀詩人特輯」，內有商禽詩作多首，由尾崎裕日譯。

十二月，《聯合文學》出版馬悅然文集《另一種鄉愁》，舉行新書發表會，特邀商禽與馬氏對談，向陽主持，商禽曾讚許馬氏有許多舌頭，令人莞薾。

二〇〇三年

十月，詩作〈站牌〉到〈飛行垃圾〉等九首，選入《中華現代文學大系・詩卷》，白靈編，九歌出版社刊行。

二〇〇四年

七月，應邀到花蓮和南寺，參加錄製「創世紀五十年詩朗誦DVD」，並自誦詩作。

三月，《夢或者黎明》詩集德文本，賀致瀚譯，在西德出版，採中德文對照，收詩作八十八首。

二〇〇六年

九月，《當代詩學》年刊第二號，出刊「台灣當代十大詩人專號」，商禽以二十二票排名第七，進入十大。本次活動由孟樊、楊宗翰二人於二〇〇五年中致函台灣各門各派的詩人，由大家共同投票敲定。

二〇〇七年 十二月，尹玲首次拍攝「當代詩人風采」廿四家，內收商禽彩照一幀，刊於《創世紀》第一五三期之卷前。

二〇〇八年 五月，詩作〈散讚十竹齋〉選入《二〇〇七台灣詩選》，白靈編，二魚文化刊行，同時以本詩榮獲二〇〇七年度詩獎。

十一月十一日，政治大學中文系與台文所合辦的「承受與反叛——台灣現代詩與現代繪畫的回顧」，由白靈發表專論〈站在時代的缺口上——商禽詩中的超現實〉。

十二月，詩集《商禽集》，列入「台灣詩人選集」，由國立台灣文學館出版。

（本年表由作者的老友張默代為整理編輯）

文學叢書 219

商禽詩全集

作　　者	商　禽
總 編 輯	初安民
責任編輯	陳思妤
美術編輯	黃昶憲
彩頁版型	許秋山
內頁素描	詹宗文
校　　對	陳思妤　黃月琴

發 行 人	張書銘
出　　版	INK 印刻文學生活雜誌出版有限公司
	新北市中和區建一路 249 號 8 樓
	電話：02-22281626
	傳眞：02-22281598
	e-mail : ink.book@msa.hinet.net
網　　址	舒讀網 http://www.sudu.cc

法律顧問	巨鼎博達法律事務所
	施竣中律師
總 代 理	成陽出版股份有限公司
	電話：03-3589000（代表號）
	傳眞：03-3556521
郵政劃撥	19000691 成陽出版股份有限公司
印　　刷	海王印刷事業股份有限公司

港澳總經銷	泛華發行代理有限公司
地　　址	香港新界將軍澳工業邨駿昌街 7 號 2 樓
電　　話	852-27982220
傳　　眞	852-27965471
網　　址	www.gccd.com.hk

出版日期	2009 年 4 月	初版
	2016 年 4 月 10 日	初版四刷
ISBN	978-986-6631-37-5	
定價	450 元	

國家圖書館出版品預行編目資料

商禽詩全集／商禽著；－－初版，
－－新北市中和區：INK 印刻文學，
2009.4 面；　公分（文學叢書；219）
ISBN 978-986-6631-37-5（平裝）
851.486　　97021109